Shenqi De Silu Minjian Gu

神奇的丝路民间故

伊朗
民间故事

YILANG MINJIAN GUSHI

丛书主编　姜永仁

本册主编　王一丹

时代出版传媒股份有限公司
安徽文艺出版社

图书在版编目（ＣＩＰ）数据

伊朗民间故事/王一丹本册主编. 一合肥：安徽文艺出版社, 2018.1
（2020.6重印）
（神奇的丝路民间故事/姜永仁主编）
ISBN 978-7-5396-6102-5

Ⅰ. ①伊… Ⅱ. ①王… Ⅲ. ①民间故事－作品集－伊朗
Ⅳ. ①I373.73

中国版本图书馆 CIP 数据核字(2017)第 122693 号

出 版 人：朱寒冬　　　　　　　出版统筹：周　康　李　芳
责任编辑：周　康　　　　　　　装帧设计：徐　睿
···
出版发行：时代出版传媒股份有限公司　www.press-mart.com
　　　　　安徽文艺出版社　　www.awpub.com
地　　址：合肥市翡翠路 1118 号　邮政编码：230071
营 销 部：(0551)63533889
印　　制：济南市莱芜凤城印务有限公司
···
开本：880×1230　1/32　印张：6.875　字数：150 千字
版次：2018 年 1 月第 1 版　2020 年 6 月第 2 次印刷
定价：28.00 元
···

总　序

青少年朋友们，大家好！

安徽文艺出版社为了配合"一带一路"倡议的实施，决定出版一套《神奇的丝路民间故事》丛书，并邀请我担任这套丛书的主编，这使我激动不已。一方面是因为我年逾古稀还有机会为"一带一路"倡议的实施贡献出自己的一份力量，另一方面是因为我能为祖国的未来——青少年朋友的成长做一件有益的事情。为此，我毅然决定接受邀请，出任该套丛书的主编。

2013年，习近平主席在访问哈萨克斯坦和印度尼西亚期间，先后提出共同建设"丝绸之路经济带"和"21世纪海上丝绸之路"的倡议。这一倡议是希望通过政策沟通、设施联通、贸易畅通、资金融通、民心相通，使沿线国家乃至世界各国能够共享我国改革开放经济发展的成果，是一项共商、共建、共享的战略设计。截至目前，已经有100多个国家和国际组织参加到"一带一路"建设中来，纷纷将本国的发展计划与"一带一路"建设计划对接。

安徽文艺出版社策划出版的《神奇的丝路民间故事》丛书正是在这种形势下应运而生。它的问世是落实"一带一路"倡议的需求,是我国与"一带一路"沿线国家人民实现民心相通的需求。它的出版,必将有助于我国与"一带一路"沿线国家人民加深了解、增强互信。

《神奇的丝路民间故事》丛书包括丝路沿线的俄罗斯、匈牙利、印度尼西亚、泰国、缅甸、越南、柬埔寨、老挝、菲律宾、马来西亚、伊朗、巴基斯坦等国家的民间故事。这些国家的民间故事情节动人,形象逼真,寓意深刻,有益于青少年的成长。

青少年是国家的未来,是祖国的希望,是建设国家的栋梁,肩负着实现中国梦的重任,任重而道远,只有多读书,读好书,增加知识,增长才干,才能不负众望,才能不辱使命,为实现中华民族伟大复兴的中国梦而贡献力量。

安徽文艺出版社编辑出版的《神奇的丝路民间故事》丛书恰逢其时,值得青少年朋友一读。

姜永仁

于北京大学博雅德园寓所

2017 年 10 月

前　言

　　伊朗又称波斯,位于亚洲西部,北临里海,南濒波斯湾和阿拉伯海,是一个历史悠久的中东国家。这片被称为"诗歌之邦"的古老国土,既哺育了菲尔多西、萨迪等众多闻名于世的大诗人,也孕育了丰富多彩、独具特色的伊朗民间文学。

　　伊朗民间文学有神话、传说、故事、笑话、谚语、说唱、歌谣等诸多形式。本书所选的民间故事有英雄传说、童话故事、生活故事、幽默故事和动物故事等几种类型。这些故事题材多样,内容丰富,具有十分鲜明的民族特色,反映了伊朗普通百姓的爱、恨、悲、欢,是了解他们的生存状态、风俗习惯、感情生活和精神世界的镜子。例如,童话故事《石榴姑娘》《古勒罕丹》情节曲折生动,富于感染力,反映了创造这些故事的人民群众的丰富想象力;《希尔与夏尔》《去把自己的"好运"叫醒》等故事则体现了平民百姓朴素的世界观和道德观。许多民间故事流传很广,从中演变出人人皆知的常用谚语。

伊朗位于东西方交通的十字路口，自古就在丝绸之路沿线各国人民的物质、文化交流中发挥着重要作用。伊朗民间故事中有很多是世界性的著名故事类型。通过这些民间故事，我们既能感受到伊朗传统文化的独特魅力，同时也能领略到各国民间文学的传播、吸收和交融。在"一带一路"建设蓬勃发展的今天，这本故事集的出版将有助于加深人们对伊朗这一丝路古国的认识和了解，也将为研究丝路沿线各国民间文学间的关系以及东西方文化交流提供有益的材料。

　　本书故事全部直接译自波斯文，选自伊朗民族史诗《列王纪》以及《四十个故事》《传说故事集》《谚语中的故事》《花儿与杉树》《老书里的新故事》等伊朗民间故事集。翻译工作由王一丹、陆瑾、刘保静、罗来安等四人共同完成。

目　录

蛇君佐哈克

在一个名叫"骑手之乡"的草原上,居住着一个阿拉伯人的部落。部落首领玛尔达斯有个儿子名叫佐哈克,人们都叫他毕瓦尔阿斯布,意思是"万马之王",因为佐哈克的马场上有一万匹良马。玛尔达斯为人高尚谦逊,而佐哈克却是一个野心勃勃的青年,他虽已贵为王子,却仍觊觎着父亲的王位,盼望着早日大权在握。

一向与人类为敌的魔鬼伊卜利斯见有机可乘,便想借佐哈克之手将人类毁灭。

这一天,伊卜利斯变成一名侍从的模样来见佐哈克,对他说,如此晴好的天气,何不外出游猎散心。佐哈克果然兴致勃勃地与他相伴来到原野上。伊卜利斯一边陪着佐哈克尽情游猎,一边投其所好,曲意逢迎,很快博得了佐哈克的欢心,这不知深浅的年轻人竟对他言听计从、奉若神明起来。伊卜利斯见时机已到,便说:"年轻有为的王子啊,在这茫茫的草原上,还有谁比得上您的雄才大略?为何您竟甘愿久居人下,不思夺取王位,施展您的才智呢?"

这番话正说中佐哈克的心事,但他自知弑父篡位必然会触犯众怒,招致天下离心,因此一时间沉吟不语。伊卜利斯早已看透了他的心思,就说自己有一个绝妙的主意,既可助佐哈克立即得到王位,又不必因此而受到众人谴责。佐哈克终于动心了。

当天晚上,他们趁着夜色在玛尔达斯的花园小径上悄悄挖了一口深井,井里布下利刃,井口却铺上树枝和泥土。第二天清晨,玛尔达斯在园中散步时果然落入井中,当即丧命。佐哈克于是如愿以偿,成为阿拉伯人之王。

伊卜利斯实现了阴谋的第一步,又摇身一变,变成一个聪明俊秀的少年,来宫中拜见佐哈克,他自称善于烹调各种珍馐美味,愿以一技之长为首领效劳。佐哈克见少年乖巧伶俐,讨人喜欢,便将他留用了。

那时候,人们还是以谷物和蔬果为食,不懂得食用动物之肉。这少年在宫中留用以后,开始每日捕杀动物,制成各种鲜美的肉食献给佐哈克。佐哈克尝后果然觉得肉香可口,以前从未吃过这样的佳肴,因此对这少年越发喜爱。

有一次,佐哈克又尝了一道用牛肉烧制的佳肴,吃得心满意足,就对少年说:"难得你小小年纪便懂得如此尽心效力。告诉我你的愿望,我一定让你满足。"少年恭恭敬敬地回答:"大王啊,祝您永远健康!倘若您不怪小人冒昧,请允许我亲吻一下您的肩膀,小人最大的心愿莫过于获此殊荣。"佐哈克听了这番话,越发赞赏

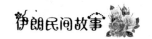

少年的忠诚，便笑着应允了。

少年走近佐哈克，在他的肩膀两边分别吻了一下，就忽然消失了。左右侍臣正在诧异，忽见佐哈克肩上被吻过的地方各自长出了一条诡异的黑蛇。它们吐着鲜红的舌头，在他的肩上扭动摇摆着。佐哈克大惊失色，慌忙叫左右用利剑将这妖物割下，谁知这两条蛇就像春季的小草，割掉了马上重新长出来，再割掉再重新长出，怎么也除不完。佐哈克被折磨得痛苦不堪，狼狈万分。他下令让各地的名医都赶到宫中来为他诊治，众人聚集在一起商议了半天，仍然一筹莫展。这时候，伊卜利斯又变成一个须眉皆白、看起来医道高深的老人，上前禀告佐哈克："这毒蛇是无法根除的，唯一的办法就是每日给它们喂食年轻男子的脑浆，它们才会与大王相安无事，不伤人性命。"佐哈克依计杀了两名青年，取出他们的脑浆。那两条毒蛇吃了人脑，果然安静了下来。

从此，每天都有两名无辜的青年因为这毒蛇而丧生，草原上的青年人越来越少。魔鬼伊卜利斯正是想借此方法将大地上的人逐渐消灭。

这时候正值贾姆希德统治伊朗的末期。贾姆希德陶醉于自己早年的辉煌业绩中，一日比一日骄傲自大，最后竟宣称自己便是创造天地万物、无所不能的神。贾姆希德的狂妄触怒了众神，他们不再佑助他，天赐的灵光也化为一只雄鹰从他身上飞走了，从前拥戴他的百姓也由于他日趋暴虐而变得不满和失望起来，各地都有人聚众反叛。一时间天下大乱,贾姆希德的强大统治开始迅速衰落。

佐哈克趁此良机将各地英雄收在自己帐下,然后挥师征讨贾姆希德。只剩下孤家寡人的贾姆希德抵抗不住佐哈克的大军,只好舍弃了王位,潜逃于山野荒漠之间。过了一百年,人们在中国海(指阿姆河)边发现了他的踪迹。佐哈克派人将他捉获,用锯子把他锯为两段。从此,佐哈克便取代了贾姆希德,成为伊朗的统治者,当政长达一千年。

佐哈克与法里东

佐哈克夺取伊朗以后,日益暴虐无道,给伊朗带来了无穷的灾难。最令人恐惧的是,他每天要抓两名青年男子送进御膳房中,让两名专职的厨师取出人脑,为他肩上的毒蛇喂食。这件事闹得国中百姓人人自危,不知道什么时候灾难就会降临家门。

两名厨师眼见每天都有两名青年无辜惨死,不由得切齿痛恨佐哈克。他们商定:每天从被抓来的青年中偷偷放走一人,再用羊脑来代替,将羊脑与人脑混在一起拿去喂蛇。他们用这个办法救出了许多青年,佐哈克却一无所知。获救的青年们都逃到深山里躲了起来,据说他们就是勇猛异常的库尔德人的祖先。

一天晚上,佐哈克做了个噩梦,梦见一位气度不凡的年轻人手持牛头大棒砸中了他的脑袋,并捆住他的双手吊在达玛万德山上。佐哈克从梦中惊醒,连忙把朝中的祭司和占星术士们召来为他圆梦。这些圆梦的人说:这位青年名叫法里东,很快就要顺天承运降生到人间,并注定将继承佐哈克的王位。由于佐哈克杀死了他的父亲,又杀死了将他哺育大的乳牛,因此法里东是来找他报仇的。

佐哈克从此失去了安宁,日夜心惊肉跳。他派了许多人去各地查访,见到名叫法里东的孩子就杀死。这一来又闹得全国到处都鸡犬不宁。

却说在法尔斯(伊朗南部的一个省)住着一对夫妻。丈夫名叫阿贝廷,是降妖伏魔的塔赫姆列兹的后代。妻子法兰纳克刚生下一个孩子,取名为法里东。佐哈克到处搜查法里东的事传到法尔斯,阿贝廷只好带着妻儿东躲西藏,到处流浪。有一天,阿贝廷外出撞见一伙恶吏,他们见他年轻体壮,便把他抓进宫里,可怜的阿贝廷便成了毒蛇的食饵。法兰纳克强抑悲愤,抱着法里东逃到一片丛林中。在林中她看见了一位牧人和一头乳牛,那乳牛不但奶水充足,而且全身色彩斑斓,如同孔雀的羽毛,美丽异常。法兰纳克上前对牧人说道:"好心的人,请你收留我的可怜的孩子吧!他父亲无辜被杀,我一个女子到处漂泊,他跟着我只怕不久也会遭逢不幸。"善良的牧人收留了法里东,那乳牛每天就用自己的乳汁哺育着他。法兰纳克也在不远的一个村落里住了下来。

三年过去了。佐哈克搜捕法里东的风声越来越紧,人们也渐渐地知道了丛林中有一头神奇的乳牛。法兰纳克提心吊胆,决定带着孩子躲到更偏僻的山里去。她到林中谢过牧人和乳牛的恩情,便带着法里东离开了法尔斯,逃到了人烟稀少的厄尔布尔士山里,把法里东托付给了一位不问世事的山民。

不久，佐哈克果然找到了乳牛栖身的丛林里，发现法里东已经逃走，便把乳牛和牧人都杀死了。

法里东在厄尔布尔士山上长到十六岁时，从母亲那里得知自己的身世。他发誓一定要报仇雪恨。

在王宫里，惶惶不可终日的佐哈克自知作恶太多，一旦法里东找上门来报仇，没有人会为自己出力效忠。他决定赶快行动，笼络人心。他将全国各地的王公贵族和祭司都召进宫来，要他们写一份证明自己慈悲为怀、仁政爱民的证词，昭示天下百姓。这一天，他正在大殿上胁迫那些人写证词，忽听得宫门外人声嘈杂，一位系着皮围裙的铁匠怒目圆睁闯上殿来，指着他骂道："没有人性的暴君！魔鬼！还我儿来！我卡维安分守己打铁过日子，不曾想祸从天降，十八个儿子被你抓了十七个去喂蛇，如今你连我最后一个儿子也不放过，一大早又把他抓进宫里。我卡维断了香火，今天豁出去了，来向你要个公道。你这么滥杀无辜，总会遭报应的！"佐哈克一听，连忙下令放出卡维的儿子。趁他们父子俩在殿上相见又惊又喜之际，佐哈克将写好的证词递过去，要他们也签上自己的名字。不料卡维一把抓过证词撕了个粉碎，扔到佐哈克脚下，斥责道："多少人被你害得骨肉分离，家破人亡，你倒要天下人都为你歌功颂德，休想！"他拉着儿子冲出王宫，解下胸前打铁用的围裙，用长矛高高挑起，喊道："佐哈克暴虐无道，我们没有活路，只好造他的反了！"人们听到喊声，纷纷走出家门，聚集在他的围裙下，喊道：

"我们跟着你造反!"卡维说:"我们去厄尔布尔士山上投奔法里东,他做我们首领肯定能打败佐哈克。"

法里东自从知道了自己的身世,便潜心练武,伺机复仇。这一天忽然听得山下人声鼎沸,只见无数人簇拥着一面招展的旗帜朝山上奔来。他们见了法里东都兴奋地喊他的名字,喊着要造反。法里东知道,复仇的日子来临了。

法里东对造反的队伍进行了整编,并将卡维的皮围裙高高挂起,当作号令全军的旗帜。投奔到山上的人越来越多,于是在一个三月的早晨,法里东带着队伍浩浩荡荡下了山。他们一路昼行夜宿,渡过阿尔旺德(底格里斯)河,攻进了佐哈克的都城,占领了王宫。但是他们在哪儿都没有发现佐哈克的踪影。

原来佐哈克到各地巡游去了,此时正在印度斯坦。法里东攻占王宫的第二天,佐哈克的一位重臣骑了马溜出都城,日夜兼程赶到印度斯坦向他报告了朝中的巨变。佐哈克听后大怒,马上带着队伍赶回都城,要与法里东决一死战。他们俩真是仇人相见,分外眼红,一句话也没多说就杀成一团。法里东使的是牛头大棒,佐哈克使的是短刀和套索,战了几个回合,佐哈克被法里东一棒击中脑门,栽倒在地。法里东用一条狮皮绳索牢牢捆住佐哈克,拖着他来到达马万德峰顶,将他的双手钉在一块巨大的山岩上吊起来,岩石下是深不见底的山谷,佐哈克永远无法从那里逃脱。从此,作恶多端的佐哈克就被囚禁在高高的山顶上,忍受着风霜雨雪的吹打,苦熬着漫长的岁月,再也不能为害人间了。

法里东三分天下

法里东打败了暴君佐哈克后，以仁义之道治国安邦，因此天下归顺，宇内清平，江山日益稳固。这期间后宫中的两位王妃又先后为他生下三位王子，王位有后，法里东更是喜上眉梢。

两位王妃名叫沙赫尔纳兹和阿尔纳瓦兹。她们原是贾姆希德国王的同胞姐妹。当初佐哈克发兵来攻贾姆希德，占领王宫时，见她们生得明眸皓齿，美丽出众，便将她们强纳为妃。姐妹俩以身事仇，保全了性命，如今法里东当了国王，替她们报了仇，又立她们为王妃，宠爱有加。沙赫尔纳兹为法里东生下了长子和次子，阿尔纳瓦兹又生了第三子。三位王子一天天飞快长大，法里东还未想好为他们取什么名字，他们已长得身高体壮，敢和大象角斗比武了。法里东眼见孩子们一个个长大成人，心中暗自欢喜，便委派朝中贤臣钦达尔到各地巡访，为王子们选择佳偶。

钦达尔受了委任，当即动身前往各国寻访。他走了许多地方，一直没有收获。这一日来到也门国境内，听说国王萨尔夫有三位公主美貌非凡，并且正好都待嫁闺中，钦达尔十分欢喜，心想这正是天造地设的良缘，不可错过，于是马不停蹄地赶到也门王宫来拜见萨尔夫。

萨尔夫膝下无子，只有三位公主。她们不仅都秀丽端庄，而且聪敏颖悟，善解人意，为萨尔夫排解了老来无子的忧闷寂寞。因此，虽然她们都到了婚嫁的年龄，许多王孙贵胄前来求亲，萨尔夫一直没有应允，他不肯让她们离开身边。这一次听到钦达尔道明身份与来意，心中不免闷闷不乐起来。他实在不愿让自己的掌上明珠远嫁他乡，但是法里东的赫赫威名又使他无力拒绝。他踌躇半晌，并不作答。

法里东的使臣钦达尔是个通达人情的贤士，他见萨尔夫沉吟不语，明白他的心思，也不加催逼，只是盛赞三位王子如何品貌超群，才识过人。萨尔夫只好说他必须先见一见三位王子，倘若他们真像钦达尔所说的那样出众，他便答应婚事。

钦达尔回国报告了消息，王子们便依约来到也门拜谒萨尔夫。萨尔夫见三人果然气宇轩昂，应对自如，俨然有王者之风，心中不得不承认法里东确实教子有方。不过他依然不动声色，只是吩咐设宴款待远来的贵客。

酒宴设在王宫的花园中。正是花开时节，园中姹紫嫣红，景色如画，而席间的弦乐声更是悠扬婉转，仿佛殷勤劝酒。三位王子陶然欲醉，放怀畅饮，一杯又一杯，直饮到夜半时分，他们才醉眼蒙眬地在园中一处婆娑的树影下酣然入睡。

花园中静了下来,王子们熟睡不醒。萨尔夫悄悄站起身,在一片花坛后站定,口中念念有词,施起了法术。不一会儿,只见园中寒风骤起,一阵紧似一阵,仿佛严冬突然来临,枝头绽放的花朵转眼间随风飘零,落了一地。萨尔夫暗想:如此天寒地冻,王子们在花园中睡得人事不知,明天他们醒来发现自己冻得鼻青脸肿,狼狈不堪,一定不好意思再向我提起婚姻之事,这样一来公主们就可以继续留在身边,以慰我晚年的孤寂了。萨尔夫这样想着,不禁高兴得笑出了声。

寒风呜呜刮了一夜。天刚亮,萨尔夫便起了床,前来探视三位王子,看他们如何出丑。不料眼前的情景使他大吃一惊:王子们容光焕发,神采奕奕,看来一夜休息得很好,哪里有丝毫受冻的模样。萨尔夫这才明白,法里东有灵光佑护,他的儿子也非凡人,自己的法术遇上他们是施展不开了。

萨尔夫不得不把爱女们嫁给了三位王子。带着新婚的妻子和满载嫁妆的驼队,王子们喜气洋洋,启程回国。

一路迤逦行来,进了伊朗境内,此时风和日丽,天色尚早,再过一座山便可望见王宫了。众人正欣喜间,忽见狂风大作,天色骤然暗了下来,尘土飞扬中,一头口中吐着烈焰的巨龙狂吼着从山上扑下。它首先扑向老大,老大见势不好,连忙纵身一跃,闪过一旁;巨龙见一扑不中,又扭身扑向老二,老二此时早已张好弓搭上箭,见巨龙扑来,马上嗖地一箭射出,巨龙连忙躲闪,老二也趁机闪出了一丈开外;巨龙大怒,腾身又扑向老三,老三不慌不忙,横刀纵马上前喝道:"恶龙听着,休得在此逞凶!我兄弟三人乃法里东国王之子,你若识得厉害,赶快离开此地,若继续拦路逞凶,休怪我手中刀剑无情,叫你脑袋搬家!"说来也怪,那巨龙听了这番话,当即收敛了气焰腾空而去,不一会儿就消失在云空之间。

兄弟三人继续赶路。过了山坳,只见前边的大路上旌旗招展,鼓乐齐鸣,好一派欢腾景象。原来尊贵的法里东国王率领朝中文武大臣早已在路旁等候多时了。王子们连忙下马,上前见驾。

问候和寒暄以后,法里东含笑望着三位王子,说道:"刚才你们受惊了。那条巨龙乃是为父所变,意在考验一下你们的勇气与谋略。老大能迅速避险,机灵敏捷;老二临危不乱,有勇有谋;老三气度从容,胆识过人,乃是天地间最为杰出的勇士。孩子们,你们是我的骄傲。现在,我要正式给你们授名。老大赐名萨勒姆,老二赐名土尔,老三赐名伊拉治,愿你们不负众望,光大父业。三位美丽的公主我也为她们选定了名字,萨勒姆之妻赐名阿莉祖,土尔之妻赐名阿扎德胡,伊拉治之妻赐名尼克佩。孩子们,愿天神赐福你们!"

法里东随后召来各位占星术士,为三位王子测算命运。萨勒姆的命相是人马宫中的木星,土尔德命相是狮子宫中的太阳,都是如意吉祥的征兆,唯独伊拉治的命相为巨蟹宫中的月亮,主兆凶险

灾厄。法里东看罢黯然不语，心知天意如此，自己也无可奈何。

为孩子们娶了妻室又授了名，年事已高的法里东决定将国家一分为三，交给三位王子去管理，了却自己的最后一桩心事。

神射手阿拉什

法里东国王去世后，他的曾孙玛努切赫尔统治伊朗。这时候天下已经分裂为罗马、土兰和伊朗三个大国，以及臣服于它们的许多小国。由于土兰国王土尔与长兄萨勒姆合谋害死了伊朗国王伊拉治，玛努切赫尔长大后又杀死土尔与萨勒姆，为伊拉治报了仇，因此，伊朗与土兰两国间从一开始便埋下了仇恨的种子。

玛努切赫尔在位时，土兰国的王子阿夫拉西亚伯率兵进攻伊朗。这阿夫拉西亚伯雄才大略，不但骁勇善战，而且精于法术。玛努切赫尔不是他的对手，在泰伯里斯坦陷入重围，被迫与土兰人议和。阿夫拉西亚伯要求增加土兰的国土，强迫玛努切赫尔答应，选一名伊朗射手在厄尔布尔士山上射出一支箭，箭落在哪里，哪里便是两国的疆界。

在伊朗无数的英雄健儿中，高贵勇敢的阿拉什是一位最出色的射手，他射出的箭又快、又远、又准，从来没有人能比得上他。这一次，他便被推选出来担此重任。

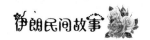

在预定的那一天清晨,阿拉什在霞光中登上了达玛万德峰——厄尔布尔士山的最高峰。大地女神,象征坚忍与力量的斯潘多尔玛兹降临在阿拉什的面前,特意为他准备了一张最好的弓和一支最快的箭。阿拉什拉开弓,搭上箭,向着遥远的东方,用尽平生力气射出了这一箭。风神波德命晨风托举着箭向前飞奔,箭从早晨太阳初升的时候一直飞到正午时分,飞过高山,飞过河流,飞越了一千法尔萨赫(即法尔生格,相当于6.24公里)的距离,飞到阿姆河边的费尔干纳,落在一棵巨大无比的老核桃树上。于是,阿姆河就成了伊朗和土兰两国的疆界。

阿拉什却因为射出这一箭时用力过度,生命之箭也飞离了他的身躯。他没有来得及看见箭落在哪里,自己就倒地身亡了。这一天是太阳历的四月十三日,人们将这个日子定为"射箭节",用以纪念这位光荣的神射手。

扎尔与凤凰鸟

玛努切赫尔国王统治伊朗时，勇士萨姆是东方锡斯坦地区的统帅。萨姆长年征战，膝下无子，他常常祈祷上苍赐予他一男半女。后来，他的妻子果然为他生下了一个儿子。这孩子长着红扑扑的脸蛋和乌黑发亮的大眼睛，很招人喜爱，可是不知为什么一生下来就满头白发。孩子的母亲非常伤心，萨姆更是长吁短叹。他觉得这孩子是个不祥的征兆，使他无脸见人，所以，他狠狠心吩咐仆从把孩子从母亲怀里抱走，丢到野外去。仆从们抱着孩子，来到厄尔布尔士山下，含泪把孩子放在一个角落里就走了。

正是日落时分，天气越来越冷。这可怜的孩子孤零零地躺在山下，哇哇大哭起来。

在高高的厄尔布尔士山上，居住着"众鸟之王"凤凰。这一天她正在空中盘旋着寻觅食物，发现了这个被遗弃的孩子。孩子嗷嗷待哺的模样令她动了恻隐之心，她叼起孩子的襁褓，把他带回山上的巢中。巢中还有几只雏凤，看见来了小客人，都用小翅膀轻抚他,表示友爱和亲善。于是,凤凰便收养了这个人类的孩子,让他和自己孩子们一起长大。

许多年过去了,孩子和雏凤们都长大了,他们常常一起在山间觅食、嬉戏、亲如兄弟。厄尔布尔士山下过往的路人发现,时常有一位满头白发的少年与凤凰相伴,出没于崇山峻岭之间,少年身手异常矫健迅捷。人们惊奇地猜测着这少年的身世。渐渐地这些议论传到了萨姆的耳中。萨姆变得心神不定起来,他知道,那少年便是被自己抛弃多年的孩子。

一天晚上,萨姆做了个奇怪的梦,梦见一个英姿勃勃的少年在山间飞奔,少年的身后闪出一位老者指着萨姆斥道:"你这冷酷无情的人!上天赐予你孩子,你却将他丢弃于山野,让凤凰来替你负起为人父母的责任,你丝毫不觉羞愧吗?"萨姆从梦中惊醒,心中充满自责。他再也不能等待了,马上带着人奔向厄尔布尔士山。

他们来到山下,只见巍峨的山峰高耸入云,找不到可以攀缘上山的路。萨姆焦急万分,绝望地抬头喊道:"万能的主神,请饶恕我的罪过!让我爬上这高山,寻回失去的孩子,补赎从前的罪过吧!"

萨姆的喊声惊动了凤凰。她知道,少年该返回人间了。她叫来少年,对他说道:"亲爱的孩子,这些年来我们朝夕相处,我爱你如同亲生的孩子,并给你取了名字叫达斯坦。现在你父亲正在山下找你,你已长大成人,是该回到亲人身边去了。"

泪水涌上了达斯坦的双眼,他说:"这里就是我的家,你就是我最亲的父母,难道你已不再爱我,才要我下山去吗?"

凤凰答道:"孩子,我爱你依然如故,可是你长大了,小小的凤巢不再适合你,你该回到人间去驰骋四方了。这是我身上拔下的一片羽毛,你把它带上,以后不管在什么地方,只要遇上了难题需要我帮助,你就将它用火点燃,我会马上来到你的身边。"

凤凰让达斯坦与自己的孩子们道过别,便背上他振翅飞到了山下,落在萨姆的面前。萨姆望着眼前这高大挺拔的少年,禁不住热泪盈眶。他谢过凤凰的大恩,便紧抱着儿子,请求他的宽恕。达斯坦于是告别凤凰,跟随父亲回到了人间。因为他满头白发,人们都叫他佐勒·扎尔,意为"白发人"。

这位白发人扎尔便是后来叱咤风云的大英雄鲁斯塔姆的父亲。在扎尔和鲁斯塔姆充满危险的征战生涯中,神鸟凤凰一直是他们的保护神。

大英雄鲁斯塔姆的降生

白发勇士扎尔与喀布尔地方统帅梅赫拉布之女鲁达贝真心相爱,他们冲破重重阻力,终于结成美满姻缘。

婚后不久,鲁达贝怀了孕,全家上下喜气洋洋。分娩的日子一天天临近,鲁达贝觉得腹中一天比一天疼痛难忍。这一天,她腹痛突然加剧,体内仿佛有一团沉重的铁块往下坠,她一下跌倒在地,昏了过去,侍女们慌忙把她扶到床上。扎尔急得六神无主,不知如何是好,真怕她过不了分娩这一关。

扎尔在屋里转了一圈又一圈,忽然心中一动,想起了将他抚养长大的神鸟凤凰,想起了那枚美丽的羽毛和临别时凤凰的嘱咐。他马上点燃香炉,取出凤凰的羽毛,捋下一缕投入火中,心中默默盼望奇迹产生。

转眼间,天色暗了下来,随着一声震撼天地的长鸣,一只色彩斑斓的巨鸟出现在空中,她展开的双翅几乎遮蔽了半个天空。这正是在厄尔布尔士山上哺育了扎尔的神鸟凤凰。扎尔惊喜地向着她跪下行礼。

挟着一阵风,凤凰飘然落下。她和蔼地望着扎尔道:"我的孩子,说吧,需要我做些什么? 有什么事情会使雄狮般的勇士也两眼含泪?"

扎尔把鲁达贝临产的情形说了一遍。凤凰安慰他道:"别担心,孩子! 鲁达贝怀的是一个真正的虎子,他将是一个惊天动地的英雄,一名使狮豹丧胆的勇士。你要先喂鲁达贝喝下一碗汤药,让她暂时昏睡不醒,然后去把圣火庙中的大祭司请来,将家中那把晶莹透亮的钢刀给他,请他为鲁达贝剖开腹部,取出孩子,再把创口缝合。这一切都顺利做好以后,你到山中采回一束芝草,将它与奶汁、麝香一起捣碎,放在屋影下晾干,再碾成粉末敷在鲁达贝的创口上,然后用我给你的这枚羽毛为她轻抚伤口,疼痛就会立刻停止,创痕也会立刻消失,鲁达贝也可以行动自如了。"凤凰从翅膀上抖落一根羽毛交给扎尔,她看见随自己在山中长大的扎尔在人间生活得很好,似乎感到非常欣慰。她再次为扎尔道了祝福,然后一声长鸣,振翅飞上了天空,消失在天际。

扎尔马上按照凤凰的吩咐一一做好准备。果然,大祭司顺利地从鲁达贝腹中取出了一个健壮的男孩。人们都为这孩子奇特的出生方式惊叹不已,扎尔和鲁达贝为他取名鲁斯塔姆,意为"有神力的人"。鲁斯塔姆一天天飞快地长大,后来果然不负众望,成为一名天下无双的大英雄。

神奇的照世杯

最早懂得酿酒术的贾姆希德国王有一盏神奇的酒杯,酒杯的内壁上绘有天上二十七星宿和天下七大洲的分布图像,大地上无论多么遥远偏僻的地方发生了变故,都会在图像上清楚地显示出来。贤明的贾姆希德国王常常通过观察杯中的图像来了解天下发生的大事。人们称这盏神奇的酒杯为"照世杯"。

自从贾姆希德国王辞世以后,神奇的照世杯也从人间消失了,谁也不知它的去处。直到凯扬王朝的凯·霍斯鲁国王当政时,照世杯才重新临世,为霍斯鲁所珍藏。

当时在伊朗有一位年轻的勇士名叫比冉,论身世可谓将门虎子,父亲格乌是霍斯鲁国王朝中的老将,外祖父鲁斯塔姆更是天下无双的大英雄。比冉幼承父业,不但年纪轻轻就武艺超群,而且胆量尤为过人。

有一年,处在伊朗与土兰边境上的亚美尼亚地区不知为什么突然跑来了大群野猪,它们横冲直撞,践踏庄稼,亚美尼亚人对付不了它们,连忙来向霍斯鲁国王求助。比冉听说后,马上自告奋勇前去铲除这些祸害。他带了队伍来到亚美尼亚,找到了野猪聚居的丛林。他让大家守在林外,自己手持钢刀,只身闯入野猪林中。野猪嗷嗷叫着成群地向他撞来,比冉全无惧色,手中的钢刀左劈右砍,又快又准,不到半天的工夫,林中的野猪全都被他劈成两半。

比冉为当地百姓消灭了野猪,声名大振。可是,谁能想到,这位天不怕地不怕的年轻勇士虽能擒妖伏虎,却当了温柔爱情的俘虏,平白生出一番变故来。若不是有照世杯相助,便再也无法生还故乡了。

且说比冉消灭了野猪,把野猪的牙齿一一拔下,准备回去向霍斯鲁请功领赏。这时候他却听说离边境不远处土兰人正在举行每年一次的庆典,土兰国王阿夫拉西亚伯的女儿玛尼日也来参加。这位玛尼日公主姿容绝代,人人仰慕。比冉手下的一位副将劝他说:今日有此良机,应该前去一睹风采。比冉于是赶去观看土兰人举行盛典,果然在那里看见了明艳如旭日的玛尼日。

比冉冒冒失失跑来观看,原只是出于好奇,却没想到自己一见玛尼日便如着了魔、醉了酒,失魂落魄,不知身在何处。玛尼日此时正和仕女们在绿树下欢笑嬉戏,远远望见了站在那里发呆的比冉,他的英武俊朗竟也使她一颗心无法自持起来。两个人就这样一见倾心,难舍难分了。

比冉在玛尼日的帐篷中度过了三天的快乐时光。到了第四

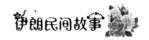

天，玛尼日该回宫去了。她深知比冉决不肯跟她去土兰，而阿夫拉西亚伯也决不会答应她嫁给一名敌国的勇士，因此心中愁肠百转，不知如何是好。最后，这位大胆的公主决定不顾一切，要把爱人带回宫去。她在比冉的酒杯中悄悄放了迷魂药，当比冉从沉睡中醒来时，发现自己竟已身在土兰，躺在玛尼日的暖帐里了。事情到了这一步，比冉不忍辜负玛尼日的苦心与痴情，何况自己也同样舍不下玛尼日，便索性留了下来，在爱人的身边终日纵酒贪欢，把家国之念权且抛到了一边。

霍斯鲁国王这边，早有原先随比冉去亚美尼亚的将士回来报告，说比冉如何消灭了野猪，又如何迷上了土兰公主玛尼日，如今下落不明。霍斯鲁一听，真是又气恼又担心。比冉的父亲格乌更是忧心如焚，生怕他遭遇不测。他们派了许多人到土兰和亚美尼亚各地去寻找，但是哪里找得到比冉的踪影？

这时候，霍斯鲁想到了他那盏神杯。他取来照世杯，对着它闭目默祷，祈求万能的主神赐恩相助，寻回比冉，然后，他睁开双眼，细细观看杯中的图像。只见天上群星和天下七洲的情形历历在目，在土兰国的位置上，他看见了比冉。只见比冉全身披戴着枷锁，神情困顿已极，蜷缩在荒野上一口幽深的枯井里，一块巨石像山一般牢牢堵住了井口。井外还有一位美丽的少女在独自垂泪，显然她便是那位土兰公主玛尼日了。

原来，比冉虽然躲在玛尼日的闺房中从不外出，但他们的私情还是被阿夫拉西亚伯知道了。他怒不可遏,下令把比冉拉出去立即处斩。有一位名叫皮兰的老臣素与伊朗亲善友好,他苦苦为比冉求情,阿夫拉西亚伯这才免了比冉斩首之罪,改令侍从将他五花大绑捆起来,扔进荒郊的一口深不见底的枯井中,又让大象搬来一块巨石将井口堵住。这样一来比冉虽未被立即处死,却也只能在井中坐以待毙了。公主玛尼日因为有辱门庭,也被除去凤冠,逐出王宫。白天她到城里四处乞讨,晚上回到井边,把讨来的大饼从井沿的隙缝中塞进去让比冉充饥。她这样露宿荒郊,饱受屈辱和苦楚,却也丝毫不后悔。困坐井底的比冉到此时方知,爱情之酒虽然香醇,有时却也能置人于死地,比那虎豹更危险万分。

霍斯鲁和格乌知道了比冉的下落,悬着的心放了下来。他们知道,除了鲁斯塔姆谁也救不了比冉,于是马上派人把情况告知鲁斯塔姆,请他设法搭救比冉。

鲁斯塔姆挑选了七名骁悍的勇将和一千名骑手随他前去土兰。到了两国的交界处,鲁斯塔姆命骑手们就地等候,他与七名勇将装扮成商贾的模样,潜入土兰。他们在城中盘桓了数日,找到玛尼日,然后在一个月黑风高的夜晚跟她来到囚禁比冉的井边。七名勇将联手合抱住巨石,想把它从井口搬开,但是任凭他们用尽平生之力,巨石依然像一座山压住井口,纹丝不动。这时候鲁斯塔姆上前,把手搭在巨石上,心中默默祈祷着主的佑助,然后把手往上一提,巨石应声而起,被他远远抛了出去。只听得一声轰响,大地

被震得抖了几抖。他们连忙把绳索从井口投下去,救出了比冉。阿夫拉西亚伯率众追来,被他们一阵拼杀,退了回去。鲁斯塔姆便带着比冉和玛尼日回到了伊朗。

这便是照世杯和鲁斯塔姆共显神通,使有情人脱离困厄,终成眷属的故事。

石 榴 姑 娘

从前有个国王一直没有儿子。王后许愿说:只要我能怀上孩子,我一定买上一曼①蜂蜜和一曼油,让我的孩子送给海里的鱼儿吃。

不久,王后果真怀孕了,九个月零九天以后,生下了一个王子。国王很高兴,下令全城张灯结彩以示庆祝。

一年,两年,五年,好多年过去了,可是王后忘记了自己许的愿。直到有一天,王后望着已出落得英俊超群的儿子,感慨地说:"哦,我的孩子已经二十一岁了,我却还没有还我许下的愿呢!"

王子惊奇地问:"母亲,怎么了? 你在说什么?"

王后说:"孩子,我曾许过愿,假如有了孩子,我将买一曼蜂蜜和一曼油,交给孩子送给海里的鱼儿吃。"

王子说:"那么你马上买来让我送去吧!"

---

① 曼:伊朗重量单位,约等于 12 千克。

王后买来蜂蜜和油，交给了王子。

王子来到海边，遇见一个老妇人。老妇人问他："孩子，你要去哪儿？"

王子说："我母亲许了愿，让我给海里的鱼儿送来蜜和油。"

老妇人说："海里的鱼要蜜和油有什么用呢？不如送给我这个一大把年纪的老人吧，我会为你祈祷的。"

王子觉得老妇人的话有理，就说："好吧！"他把蜜和油送给了老妇人。

老妇人说："好心的孩子，真主保佑你得到石榴姑娘的爱情。"

王子问道："石榴姑娘是谁？"

老妇人说："你回去的路上要经过一座果园，你走进果园会听到一些奇怪的声音，有的说，'别进来，我会杀死你！'有的说，'别进来，我要揍你！'你别理会这些话，也别回头望，径直往园里走就行。你摘下几个石榴，然后再回家。"

王子记住了老妇人的话。路上，他果然经过一座果园。他进去摘了四十个石榴，接着又上路了。走着走着，一颗石榴裂开了，一个俏姑娘从石榴里跳出来，说道："给我一张饼，给我一点水。"

王子没有给她饼和水，她落到地上就不见了。

过了一会儿，又有一颗石榴裂开了，又一个俏姑娘从石榴里跳出来，说道："给我一张饼，给我一点水。"

王子没有给她饼和水，她又落到地上不见了。

就这样，石榴一颗一颗裂开，一个一个姑娘跳出来，又不见了。

当王子来到一汪泉水边时，只剩下最后一颗石榴了，一个俊俏姑娘从石榴里跳出来向他讨水和饼吃。

王子急忙舀起泉水，姑娘喝了水就活了过来。王子见她长得非常美丽，却没有穿衣服，只有脖子上戴着一串项链，就对她说："请你在这里等我，我去给你拿衣服，然后再带你进城。"

石榴姑娘自个儿留在泉水边。她看见水边有一棵橘子树，就说："橘子树，橘子树，请你把头低下来。"橘子树听话地低下头，石榴姑娘爬到树上躲了起来。

过了一会儿，一个右眼歪斜、又黑又丑的女仆人提着水罐来打水，看见石榴姑娘在水里的倒影，以为那美丽的人影是自己，心想："我长得这么俊俏，干吗要给人家提罐子打水？"她把罐子朝石头上一摔，空着手回去了。

女主人问道："水罐哪儿去了？"

女仆答道："让我不小心摔破了。"

女主人道："你把小孩的尿布拿去洗干净吧。"

女仆拿着尿布来到水边，又看见水中美丽的倒影，又以为那是自己，心想："我长得这么标致，干吗还要给人家洗尿布？"她把尿布往水里一扔，又空着手回家了。

女主人问："尿布哪儿去了？"

女仆说："夫人，我这么俊俏标致的姑娘，来给您洗尿布，您不

觉得可惜吗？"

女主人说："该死的丑丫头，自己拿镜子照照你那斜眼睛和厚嘴唇吧。你以为自己长得好看吗？快去给小宝宝洗个澡。"

女仆抱着小孩来到水边，刚弯下腰，又看到水中的倒影，心想："我这么漂亮的人，干吗要给人家的小孩洗澡？"

她举起小孩，想把他扔到水里去，躲在树上的石榴姑娘忍不住惊叫起来："哎，姑娘，你要干什么？"

女仆抬头一看，橘子树上坐着一个美若天仙的姑娘，赶忙把小孩抱回去还给女主人，然后又跑回水边，喊道："让我上来和你做伴吧。"

石榴姑娘没说话，女仆再三恳求，最后石榴姑娘心软了，就把自己长长的秀发从树上垂下来，女仆抓住头发爬到了树上。

女仆问道："你是谁呀？"

石榴姑娘回答："我是石榴姑娘。"

女仆又问："你在这里干什么？"

石榴姑娘回答："我在等我的丈夫，他给我拿衣服去了。"

女仆说："你脖子上的珍珠项链可真好看呀！"

石榴姑娘说："这是我的命根子，要是把它从我的脖子上解开，我就会死去的。"

女仆说："好姑娘，让我给你梳梳头吧！"

石榴姑娘说："我的头发用不着梳的。"

女仆说:"不,还是让我梳梳吧!"

女仆缠着不放,石榴姑娘经不起她的再三恳求就同意了。女仆靠近石榴姑娘,假装给她梳头,悄悄解开了石榴姑娘的项链,并且狠心地把她推到水里去了。石榴姑娘变成了一丛蔷薇花,长在泉水边。

这时,王子回来了,对树上喊道:"下来吧,我给你拿衣服来了。"

女仆答道:"树这么高,我怎么下来呢?"

王子说:"你上去的时候,不是对它说过'橘子树,橘子树,请你把头低下来'吗?"

女仆说:"那时候它听我的话,可是现在它不听了。"

王子只好爬到树上,把她抱了下来。王子看见她的模样,吃惊地问道:"你怎么会有这身衣服?"

女仆答道:"这是向过路女人借的。"

王子又问:"你的脸色怎么变得这么黑?"

女仆答道:"我等你等得太久了,被太阳晒的。"

王子又问:"你的眼睛怎么歪斜了?"

女仆答道:"我盼你快来,总向那边望你,把眼都快望穿了呢。"

王子再问:"你的脚怎么变得又扁又大?"

女仆答道:"因为我不停地站起又坐下呀。"

王子不再说什么，从水边摘下一束蔷薇花，领着女仆上路了。

一路上，王子仿佛被蔷薇花迷住了，一直不停地把玩着，根本没有理会女仆。女仆气坏了，把花儿抢过来，一瓣一瓣扯得粉碎。王子弯下腰想去把花瓣捡起来，发现它们已变成了一顶小圆帽，便把小圆帽捡起来。

王子一路上只顾着把玩小圆帽，还是不理睬女仆。女仆又抢过小圆帽，把它扔得远远的。王子弯腰想把小圆帽拾起来，发现它变成了一只小鸽子。他把小鸽子抱了起来。他们终于回到了王宫，宫里每个人见了女仆都说："一个又黑又丑的女人，怎么这样神气十足！"

王子对大伙儿的评论只好假装没听见，并且毫不声张地和她举行了婚礼。

婚后，女仆看见王子一心只喜欢那只鸽子，却不理睬自己，就说："我怀孕了，特别想吃鸽子，你把那只鸽子杀了给我吃吧。"

王子说："你要多少只鸽子我都可以叫人给你捉来，但是这只不行。"

女仆说："我就想吃这一只。"

王子不肯答应。过了几天，王子外出去了，女仆趁机对国王撒娇说："我怀孕了，想吃鸽子，王子却不肯让我吃那只鸽子。"

国王听了她的话，就下令把鸽子杀了给女仆吃。鸽子的血滴在地上，地上长出了一棵梧桐树，梧桐树长呀长呀，很快就变得高大挺拔。

王子回到家看见那棵梧桐树，非常喜欢，每天都要在梧桐树下徘徊散步。

女仆又打起了坏主意，她对王子说："把这棵梧桐树砍下来给宝宝做一个摇篮吧！"

王子说："木材有的是，你要砍哪一棵都可以，就这一棵不行。"

过了几天，王子打猎去了，女仆又去恳求国王，国王听了就命令把梧桐树砍倒，做成一个摇篮。

漂亮的梧桐树最后只剩下一小块木板，被随便扔到角落里。

一天，一个在宫里扫地的老妈妈看见了那块木板，把它拿回家去，垫在了纺锤底下。

第二天，老妈妈在王宫干完活回到家，发现家里变得干干净净，东西摆得整整齐齐。她惊奇地在屋里找了一遍，没有看见人，心里更觉得奇怪。第三天，她偷偷躲在窗帘后面，想要看个究竟。过了一会儿，只见一个非常俊俏的姑娘从纺锤下的木板里走了出来，开始动手打扫房间。老妈妈耐心地观察着，当那个漂亮的姑娘收拾打扫完毕，正要回到木板里时，她从帘后走出来对姑娘说："好孩子，你别走，我独身一人，无亲无故，请看在真主的分上，你就留下做我的女儿吧！"

姑娘听了老妈妈的话，就留了下来。

一天,国王的传令官向全城宣布:臣民只要愿意,每户都可以到王宫的马倌那里去领养一匹马,喂养好后送回宫去,将得到奖赏。

姑娘对老妈妈说:"您也去领养一匹马吧!"

老妈妈说:"我们哪儿有粮草喂马呢?"

姑娘说:"不要紧,我会有办法。"

老妈妈就去王宫请求国王说:"我也想领养一匹马。"

国王说:"老人家,你这把年纪了,没精力养马了。"

老妈妈说:"是我的好闺女想要养马。"

国王为了不让老人失望,就吩咐马倌说:"找一匹不中用的老马让她牵走吧,就算养不活也没关系。"

老妈妈把马牵回家,姑娘很高兴。她用手摸摸马背,老马马上变得健壮、精神起来。她又把自己的发梢浸湿,再把水洒到院子里,院里马上长满了绿油油的草。

几个月后,国王叫马倌把各户领养的马收回王宫。马倌来到老妈妈家里,发现那匹气息奄奄的老马竟变成了一匹膘肥体壮的骏马。他走近前去想要牵它,那马发出一声嘶鸣,把马倌踢倒在地。

马倌爬起来,对老妈妈说:"大妈,我可不是这马的对手。谁能制伏这匹马让我把它带走呢?"

姑娘走上前,轻轻拍了拍马背,然后对马儿说:"马儿,去吧,不会说话的朋友。"骏马就驯服地走出马棚跟着马倌走了。

过了些日子，女仆的珍珠项链断了，王宫里谁也没有办法把它重新穿起来。

姑娘听到这个消息，便对老妈妈说："您去告诉国王，说我能穿好那串珍珠项链。"

老妈妈说："好女儿，这可不是你能干的事儿。"

姑娘再三坚持说自己能穿好，老妈妈这才战战兢兢地去对国王说："国王啊，我不敢说大话，是我女儿说的，她能把那断了的项链穿起来。"

国王说："好，让她来试试吧。"

姑娘来到国王跟前。国王说："是你说的，你能穿起项链吗？"

姑娘说："是的。不过我有一个条件：在我还没穿好项链之前，谁也不能走出这个房间。"

国王于是下令说："谁想出去的就赶紧走吧，不想出去的要等到项链穿好才准离开！"

房门关上了，大家都坐下来看姑娘穿项链。

姑娘拿起一颗珍珠开始穿线，一边穿一边诉说："我本是一颗石榴，长在高高的树上，哦，我的珍珠项链！一天王子来到果园，把我摘了下来，哦，我的珍珠项链！他把我带走，放在橘树上，哦，我的珍珠项链！一个坏女仆来了，解开了我的项链，哦，我的珍珠项链！"

姑娘刚说到这里，女仆就叫了起来："行了！别讲了，我不要这串项链了！"

姑娘不理她，继续边穿边说："她把我推到水里，我变成一丛蔷薇，哦，我的珍珠项链！王子摘下蔷薇花，女仆又把它撕碎，哦，我的珍珠项链！我变成一顶小圆帽，她又把它扔一边，哦，我的珍珠项链！我变成一只小鸽子，她又把它的头砍掉，哦，我的珍珠项链！"

女仆更坐不住了，喊道："闭嘴！我说过我不要这串项链了！"

姑娘还是不理她，继续边穿边诉说："我变成一棵梧桐树，她把它砍下来做摇篮，哦，我的珍珠项链！老妈妈把做摇篮剩下的一块木板带回家，我做了她的干女儿，哦，我的珍珠项链！国王给我一匹老瘦马，我把它养得肥又壮，哦，我的珍珠项链！女仆把项链弄断了……"

这时，女仆大声打断她的话说："哎哟，我的头疼死了，开门，让我出去！"

王子说："珍珠项链还没穿完，谁也不能出去！"

于是，姑娘接着诉说："女仆把项链弄断了，没有人能把它穿起来，哦，我的珍珠项链！国王召我进宫，我说我能把项链穿起来，哦，我的珍珠项链！"

说到这里，全部珍珠都穿起来了。姑娘把项链扔到女仆跟前，说道："拿去吧，这不就是你夺去的那条项链吗？"

王子完全明白了：穿珍珠的姑娘就是他从果园摘下来的那位石榴姑娘！王子忙上前拉起她的手，亲吻着她的额头，然后下令把女仆捉起来，绑在马尾巴上，让马把她拖到旷野里去了。

王子和石榴姑娘举行了婚礼，王宫里连续七天七夜张灯结彩，人人都为他们祝福。

古勒罕丹

从前,有一个商人为人极其诚实,非常讲信誉,大家都很信任他。谁有钱财、珠宝等贵重物品,全都寄存在他那儿。

一天,商人正要外出办事,有人急忙给他报信说:"你还能坐得住! 你的商店和仓库全被火烧了,里面所有的物品都化为灰烬。"

商人听到这不幸的消息,顿时感到仿佛世界末日来临。但是,他仍然沉着应付,在众人面前咬住牙,丝毫没有露出愁眉苦脸的样子来。晚上,他核查了账本,结算完毕,让他稍感安慰的是,倾其所有还能还上大家的账,只不过自己将落得一无所有。

翌日,商人派人在胡同和市场上贴出通告,让所有债权人尽快去他那里办理有关债务的事儿。他的几个要好的朋友不解地问:"你这是干啥? 大家都看到你的财产全部被烧光了,知道你已经失去了偿还能力。"但商人始终认为:我不能让大家的财产受到损失,否则,即使人们能原谅我,真主也不会宽恕我的。

债主们听到消息后,纷纷来到商人家询问:"喂,男子汉大丈夫,难道你的财产没有被大火烧掉吗? 为什么还四处通知大家来算清自己的账目呢?"

商人诚恳地回答道:"我是想尽手头所有还清债务,不亏欠别人什么,让大家免受损失。"

债主们弄清情况后,按通告的时间,分批来到商人家结算,陆续取走所存财物。商人为此变卖了家中一切能卖的物品,最后自己真是分文未剩。

商人日渐贫穷,没落到了没有任何人愿意资助的困境,只好带着妻子,来到一个偏僻的地方安了家。那里一片荒凉,渺无人烟,不时听到野狗的吠叫声和豺狼的嗥叫声。

从那以后,别说朋友和熟人,就连亲戚们都无人过问商人的去向了。拿商人的大姨子来说,他发迹走运时,这个女人每天从早到晚都待在他家,白吃白喝,养尊处优;而现在将他忘了个一干二净,再也不提她还有个妹妹和妹夫,更别说去寻找他们,打听一下他们流落到哪儿,如今是怎样生活的了。

商人夫妇不管亲戚朋友怎么对待他们,他们一直按照自己的做人准则生活。在他们有钱有势的时候,真主并没有赐予他们孩子,可是就在他们落难潦倒时,妻子怀孕了。十月怀胎,快到临产时,妻子开始感到肚子疼痛,就对丈夫说:"看来今晚就要生了,你去买点灯油回来,装进小油灯里,免得想干什么都看不见。"

男人深有感触地叹道:"唉,真主啊! 现在我们兜里连个小钱

都没有了,却给我们送来了孩子,为什么不早点给我们呢?那时我们起码还能吃饱饭呀!"

妻子由于产前的阵痛,有些不耐烦:"行了,别嘀咕了,真主自有他的安排。快想办法去弄点灯油回来吧。"

男人无奈起身进城去了,可是他茫然无措,一点儿办法都没有。他无意中进了一座清真寺,头靠在一块石头上,绞尽脑汁地继续想办法,想着想着就睡着了。

家中的妻子眼巴巴地盼望着丈夫能尽早回来,疼痛折磨得她一个劲儿地呻吟:"真主啊!现在只有我一个人在这里,我该怎么办呀?"正当她焦急得发出哀叹,向真主求救的时候,突然看到四个女人走进来。她们的脸庞雪白雪白的,每人手里都拿着一盏灯,一起说道:"我们是你的邻居。"接着,她们又一起动手帮助她将孩子顺利生下,并用带来的小衣被给孩子穿戴包裹好,然后把孩子哄睡了,放在她的身边。一切都收拾妥当后,她们又一起说:"我们该走了。但是,我们每个人都将给这个新生的女孩留个纪念品。"

第一个女人说:"这女孩每次笑的时候,都会从嘴里掉出鲜花来。"

第二个女人说:"这孩子一哭,从她的眼睛里就会滚出珍珠来。"

第三个女人说:"她每晚睡着了,头下面都会出现一袋阿什拉菲金币①。"

第四个女人说："她一走路,右脚下就会出现一块金锭,左脚下就会出现一块银锭。"

就在家中发生这一切的同时,在清真寺中睡着了的丈夫,忽然在梦中听见有人告诉他:"赶快回家去帮帮你妻子,她已经生了一个女孩。"男人惊醒之后,非常高兴,匆匆赶回家里,看到妻子很平安,婴儿就像一轮初升的明月,安详地睡在她身边。男人真是喜出望外,急忙关切地问道:"你一个人怎么生产的? 谁帮你把孩子包裹得这样好啊?"

妻子怀着深深感谢的心情,将事情的经过详细地讲给丈夫听了。男人十分懊悔当时没在家,未能见到那四个拿灯的女人。夫妇俩还给可爱的小女儿起了个好听的名字——古勒罕丹②。

那天晚上,他们睡得非常香甜、安稳。第二天醒来,抱起孩子一看,她的小枕头上果然有一袋金币。他们感谢真主,那四个女人的话真的应验兑现了。

正当他们高兴的时候,孩子哭起来了,从她的眼睛里滚落出来的不是眼泪,而是一颗颗圆圆的珍珠。

男人高高兴兴地带上一点金币和珍珠,去市场换回了一些生

---

① 阿什拉菲金币:古伊朗金币名。
② 古勒罕丹:波斯语,意思是"盛开的鲜花"。

活必需品。过了几天，他又用攒下的金币买了一个大宅院，开始过上了富裕、舒适的生活。

那些曾经有意疏远商人夫妇的亲朋好友，慢慢地又主动回到他们身边，重新与他们亲热起来。尤其是商人的大姨子，过去每当有人问起她的妹妹时，总说一点都不知道他们一家的情况，生怕招惹是非。可现在一看到情况发生了变化，又厚着脸皮去她妹妹家忙活起来，甚至恬不知耻地说："哎哟，我的好妹妹！你哪里知道我与你们分开这段时间是多么惦记着你们啊！我简直愁得睡不着觉，昏头昏脑地分不清白天黑夜。可是，我能怎么着呢？我自己也不富裕，帮不上你们的忙。真主知道，自从你们远离大家后，我是度日如年，好不容易才熬过来的啊！"

就这样，商人的大姨子又开始待在她妹妹家不走了，她一心想搞清楚，他们究竟是从哪儿得到了这么多钱财的。

过了几年，商人又用金锭和银锭修建了另一个宅院。前面是一个美丽无比的花园，路边修了大理石的水道，还修了镶金的喷水池，并派人去各处寻找奇花异草，不管花多少钱，全都买来种到花园里。他要让每个过路的人，只要看一眼这个花园，就会认为这是罕见的人间天堂。

有一天，国王的儿子出去打猎，从商人的花园前面经过，他走到花园的近处朝里一看，立刻被里面的各色花草及各种各样的果树吸引住了，于是情不自禁地闯入园子，向园丁询问道："这是谁家的花园？"

园丁恭敬地答道："这是我家主人的，他是一位商人。"

王子被花园的美丽景色陶醉了，就像梦游一样，不由自主地在园子里东游西逛。他来到镶着金银的高大建筑物前，被那金碧辉煌、宏伟壮观的气势惊呆了。他不禁喃喃自语道："我们王宫的建筑只是徒有其名，这里才可谓真正的富丽堂皇。"

这时，王子的目光不觉落到了一位十四五岁少女的身上，她正站在建筑物的凉台上眺望，王子还从来没有见过如此美丽的姑娘。他又向前挪了几步，想从近处看看那年轻漂亮的姑娘。可是，那姑娘立即明白了王子的意图，羞涩地对他微笑了一下，就躲进屋里去了。

王子看到姑娘微笑时，从她嘴里飘出来一些鲜花，在空中转一圈后就掉了下来。他不仅被这一奇异现象迷住了，还对姑娘一见钟情，深深地爱上了她。王子马上径直返回王宫，不顾害羞、直截了当地对母亲说："母后，儿臣想娶妻子。"

王后十分惊讶地问道："你想娶哪家的姑娘？"

王子如实答道："一个商人的女儿。"

王后一听，这门不当户不对的，不能轻易答应王子，于是开导他说："儿子啊！你想娶妻是可以的，可是为什么要娶商人的女儿呢？难道找不到官宦人家的闺秀吗？你父王的群臣中哪个没有女儿？而且一个比一个漂亮。你喜欢她们中的哪一个都可以。如果这些女孩你都看不上,你还可以选别的国王的女儿。"

王子果断地回答道:"母后,请您别再说了,我就要娶那个女孩,其他的女孩再好我也看不上。"

王后见儿子不听自己的话,只好说:"我得跟你父王商量商量,看他是什么意思。"

王后来见国王,非常生气地说:"你儿子不听劝说,非要娶一个商人的女儿。"

国王对王子十分信任,觉得这也没有什么不好,于是不以为然地说:"我儿子肯用脑子,有心计,说话做事从来都是很有分寸的,他想干什么就让他干去吧。"

王后见国王不反对,只好派人去商人家求婚。

商人对女儿十分宠爱,认为婚姻大事还是应该先听听她自己的意见,就叫来女儿问道:"女儿呀!王宫派人来为王子求婚,我们该怎么回复呀?"

古勒罕丹大大方方地对父亲说:"您老人家认为怎么合适就怎么回答吧,女儿谨遵父命。"

商人接受了王室的求婚。第二天,王室就派人来商量筹办婚礼之事。来人客气地说:"王子已经交代过了,你们想要多少聘礼,都会悉数送来。"

商人很有礼貌地回答说:"王室的高贵地位、王子的人品和他对我们女儿的挚爱,这些就足够了,我们别无所求。"

从此,男女双方都在为婚礼紧张地做准备。这期间,商人的大姨子也在暗中谋划着,如何让她自己的女儿假冒古勒罕丹嫁到王宫去。为此,她白天去妹妹家帮着置办嫁妆,晚上回家悄悄地按照给古勒罕丹买的东西,为自己女儿再买一份。

订婚那天,王子知道了新娘的神奇功能。从此,他对古勒罕丹则是另眼相看,更加喜爱了。

订婚一个月后,王室派了豪华的轿子去迎接新娘进宫。当迎亲的人来到时,新娘家的人正在为谁来陪伴新娘乘轿同行而争执不休。新娘的姨妈见时机已到,便不顾一切地上前叫嚷道:"有新娘的姨妈在,轮不上别人陪伴她进宫去。我一直盼望着这一天,感谢真主终于让我等到了。"就这样,新娘的姨妈和她女儿作为伴娘,同新娘一起坐轿子出发了。

途中,新娘的姨妈从兜里拿出一个药瓶交给古勒罕丹,假惺惺地说:"姨妈的心肝宝贝,如果你想新婚之夜与王子过得非常幸福,现在就把这瓶药喝下去。"

古勒罕丹接过药,未过多考虑,就仰起脖子咕噜咕噜喝下去了。过了一阵子,古勒罕丹感到十分难受,于是对姨妈说:"我怎么突然一下子渴得厉害,心里像着了火似的?"

姨妈假装安慰说:"没什么事,你先忍一会儿吧。"

古勒罕丹忍不住口渴,就又对姨妈说:"我快要渴死了,给我点水喝吧。"

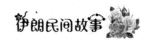

姨妈撕下伪装的面具,训斥道:"这里是荒漠,我上哪儿给你弄水去?"

过了一会儿,古勒罕丹渴得实在忍不住了,又对姨妈恳求道:"求求您了,无论如何请您给我一点水喝,我真的快渴死了。"

这时,姨妈凶相毕露,说道:"好吧,如果你想要喝水,就得摘下一只眼珠。"古勒罕丹迫不得已,只好同意了。姨妈残忍地取出她的一个眼珠,然后给了她一点盐水喝。古勒罕丹喝完感到更渴了,生气地对姨妈说:"您还讲点良心吗?您给我喝的什么呀?我更渴了。快给我水喝,我要死了。"

姨妈更加凶狠地说:"你若想喝水,就把那个眼珠也摘下来。"

古勒罕丹已经渴得像被割掉头的鸡,翅膀一个劲地扑腾,她绝望地叫道:"见鬼去吧!这个眼珠我也不要了。"姨妈狠心地把她的另一只眼珠也取了出来,见她两眼失明,便把她扔进一口枯井里,然后让自己的女儿坐在新娘的位置上,在她面纱的周围插上几束盛开的鲜花,手头还准备了一袋金币和三四块金锭以防万一。

她们抵达王宫,王室的宾客和仆从们都出来迎接。当大家看到新娘的面纱周围都是盛开的鲜花时,惊奇得顾不上去仔细地看新娘。只有王子盼妻心切,目不转睛地注视着新娘。但使他失望的是,这姑娘好像与那位迷人的姑娘判若两人。再说,当她笑的时候,嘴里再也掉不出鲜花来了。这些都让王子心里十分纳闷。

当天晚上,王子有意地对姑娘搔了几下痒,姑娘大笑不已,但从她嘴里也没掉出鲜花来。王子立即问道："你那盛开的鲜花哪儿去了？"

姑娘按照她母亲教的，含含糊糊地答道："每一样都是有一定时间的。"

王子忍不住又问："每晚都会在你脑袋下面出现一袋金币，怎么也没有了？"

姑娘还是说："每一样都是有一定时间的。"

第二天，王子又借故把姑娘气哭了，他看到她的眼泪与常人没有区别，于是又问："滚出的珍珠呢？"姑娘还是同昨天一样，用她妈教的那句老话来遮掩。此时，王子知道自己受骗了，这不是他所爱的那个姑娘。他非常气愤，可是又耻于对他母亲诉说实情。

且说那天古勒罕丹被姨妈扔进枯井后，在井下待了三天。直到第四天，一个园丁从那儿路过，听到井里有呻吟声，当他设法下到井里时，发现是个双目失明的姑娘，身边还有三袋金币及几块金锭和银锭。他将姑娘救了上来，问她这是怎么回事。

古勒罕丹将事情的来龙去脉告诉了园丁，他十分同情姑娘的不幸遭遇，将她带回自己的住处，并让她不要对别人讲自己的遭遇，看看事情将如何发展。

第二天，古勒罕丹笑了，从她嘴里出来了一串鲜花。园丁带上这些鲜花在王宫外叫卖："卖花啊！"姨妈听到叫喊声出来问："喂，卖花的，你的花怎么卖？"园丁说："我的花不卖钱，只用眼珠换。"

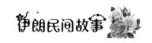

姨妈说:"行,我就用眼珠换。"说完,她拿来古勒罕丹的一只眼珠换了一束鲜花。

园丁将带回的眼珠交给古勒罕丹装进眼眶。她高兴极了,已经有一只眼睛复明了。

第二天,古勒罕丹又哭了,从眼睛里滚出几颗珍珠来。园丁又拿着去王宫附近喊道:"卖珍珠啊!"姨妈听到叫卖声又出来问珍珠的价钱。园丁说:"我的珍珠还是不卖钱,也要用眼珠换。"姨妈忙回去拿来古勒罕丹的另一只眼珠,换了三四颗又圆又大的珍珠。

园丁又把换回的眼珠交给了古勒罕丹。她把这个眼珠装上后,双眼立刻完好如初。后来,园丁变富了,于是修建了一座与古勒罕丹家一模一样的园子。

王子自知受骗后,对眼前的妻子完全失去了兴趣,无聊得经常走出王宫闲逛,以此来消磨时光。一天,他碰巧路过园丁家的园子,进去一看,简直与商人家的园子丝毫不差。再往里走,看见一位美丽的姑娘坐在凉台上,他惊喜异常,情不自禁地说道:"这不就是我要娶的姑娘吗?"他揉了揉眼睛,又去看那姑娘。这时,园丁正好走了过来,王子急忙上前问道:"这园子是谁的?"

园丁将事情的经过仔仔细细地给他讲了一遍。王子立即派人禀告父母,并要在这个花园里重新举办婚礼,国王和王后答应了。婚宴持续了七天七夜,刚一结束,王子就把这个花园送给了园丁,带上古勒罕丹回到王宫。王子马上派人将古勒罕丹的姨妈抓来,怒斥道:"你这个妖婆,竟敢如此惨无人道地对待古勒罕丹,让我怎么来惩罚你呢?"

王子说完,便令人将她捆在马尾巴上,让马拖着她在大沙漠里奔跑,将她活活地拖死了。

奥赫的故事

在非常遥远的过去,有个商人,他有三个女儿。一天,商人要到另一个城市去做生意,临行前问三个女儿都想要些什么。大女儿想要一件衬衫,二女儿想要一双袜子,小女儿想要一朵戴在头上的花。

商人忙完自己的买卖,买了衬衫和袜子就回来了,而把买头花的事忘得一干二净。他一进家门看见小女儿,才想起忘了给她买头花,于是叹了口气表示遗憾。正在这时,有人敲门。商人打开门看见一个陌生人站在门口,便问:"你是谁? 有何贵干?"来人答道:"我是奥赫①,给你家小女儿送头花来了。"

商人欣喜地接过花送给了小女儿。她接过来一看,这花真是太漂亮了,高兴得立刻就别在了头发上。

---

① 奥赫:波斯语的意思是"叹气",所以,故事中的人一叹气,奥赫就来了。

三天以后，又有人敲门，商人去把门打开一看，又是那个奥赫站在大门口，于是问道："这次你又送来了什么？"

奥赫答道："什么也不送。这次是要把戴头花的女主人带走。"

商人说："那怎么行？你不能将她带走。"

奥赫不容商量地说道："不行。无论如何我都要把女主人带走。"

商人迫于无奈，最后还是同意了，只好去把小女儿叫出来，将她交给了奥赫。

奥赫立即将女主人的眼睛用黑布蒙上，将她扶上马就上路了。不知过了多久，当奥赫为姑娘解开蒙眼睛的布时，她惊喜地看到自己来到一个又大又漂亮的花园。从这里的每一朵花和每一片灌木丛中都能听到优美的歌声。姑娘急忙问道："这是哪里？"

奥赫平静而又十分肯定地答道："这是你的家。"

几天过去了，姑娘除了与奥赫打交道外，什么人也没有见到。每天除了吃，就是睡，再不就是在花园散步，真是寂寞无聊得很。

一天，她因思念亲人无意中叹了口气。奥赫马上来了，十分不安地问道："你为什么叹气呀？需要什么请吩咐。"

姑娘如实地说出了自己的心事。奥赫凝思片刻，爽快地说："好吧，明天我就送你去父母那儿。"

第二天，奥赫仍然用布蒙上姑娘的双眼，将她扶上马，过了一阵就回到了她家门口。奥赫解开了蒙在她眼睛上的布，并对她说："我明天再来接你。"

姑娘进了家门，向家人问候致意后，开始倾诉自己的不幸和痛苦。她说："我自己在一座很大的花园里生活，虽然有一个仆人听从使唤，我让他做什么，他就做什么，吃的东西也应有尽有，但是寂寞孤独实在令人难熬。"

姑娘的姨妈听后，想了一阵慢慢说道："好闺女，事情绝不像你说得这样简单，肯定还有你不知道的事情。你应该尽快弄明白，到底是怎么回事。你先说说，你每天晚上睡觉前都吃些什么？"

姑娘十分肯定地说："就喝一杯茶。"

姨妈指点她说："到了晚上，你别再喝茶，将自己的一个手指头稍微弄破一点，再往上面撒点盐，使自己无法入睡。到时候你注意看看，会有什么情况出现。"

第二天，奥赫按时来将姑娘接回了花园。

就在这天晚上，姑娘睡觉时，奥赫照例端来了茶。姑娘照她姨妈说的，悄悄地将茶倒在地毯上，把一只手指弄破，撒上一点盐，然后躺在床上假装睡觉。半夜时分，她听到了脚步声，偷偷地看了一眼，只见奥赫手里提着一盏灯笼，领着一个长得十分漂亮的年轻人走过来了。

年轻人来到她的身边，问道："夫人今天怎么样？"

奥赫恭敬地回答说："很好。"

年轻人不放心似的又问："她是喝了奶茶才睡的？"

奥赫仍然谦卑地答道："是的，先生。"然后就离开了。

年轻人随即脱掉衣服，准备在姑娘身边睡下。就在这时，姑娘突然翻身坐起来，惊问道："你是谁？"

年轻人面对姑娘这突如其来的举动，尽管开始心里有些惊慌，但很快就镇静下来了，面带微笑地说："我是你的主人。"

姑娘羞涩地问道："你为什么一直不肯露面呢？"

年轻人诚挚而认真地说："人没有不犯错误的，我原想你不见到我会更好些。可是现在既然你已经发现了其中的秘密，我也就不能对你再隐瞒了。"

第二天一早，奥赫来叫醒他们。年轻人对他吩咐道："去布置一下红玫瑰花园，我要同夫人去那儿吃早饭。"

奥赫匆匆地走了。过了一会儿，年轻人和姑娘一起来到红玫瑰花园。姑娘放眼望去，花园里尽是奥赫为她送去的那种花。姑娘顿时惊讶得说不出话来。

姑娘想摘一枝花，但是够不到，年轻人伸手为她摘了一枝。姑娘无意中看见一个小花瓣粘在了年轻人的腋下，就好心地伸手把花瓣拿了下来。谁知顷刻间，天空变得昏暗起来，姑娘倒在地上失去了知觉。待她苏醒过来睁眼一看，那鲜花盛开的园子不见了，年轻人像死人那样躺在地上。

姑娘悲哀地长叹一声，奥赫又立即来了。姑娘请他为自己拿来一身孝服,穿好后坐在年轻人身边不停地念着《古兰经》,眼泪也不停地流着,虔诚地祈求真主让年轻人重生。可是,她祷告了很久,一点用也没有,她只好对奥赫说:"把我带到市场上卖掉吧。"

姑娘被卖到了一户人家。过了一两天,她发现主人家所有的人都穿着黑色衣服,并且都很悲伤。于是她问一个女仆这是怎么回事,女仆告诉她:"自从女主人唯一的儿子、一个漂亮的小男孩失踪后,主人让我们所有的人都穿上黑色衣服表示哀悼。"

姑娘一直惦记着自己的丈夫,希望能找到救活他的办法。因为过度思念,她晚上总是难以入睡。一天夜里,她又失眠了,忽然看见那失踪的男孩的奶妈提上一盏灯笼,悄悄出门去了。姑娘心想,半夜三更她要去哪儿?不如跟着她去看看。

她轻轻地起身,远远地跟着奶妈,穿过一个又一个院子,来到一个小水池边。她看见奶妈将池中的水放掉,在池子底部找到一块石板,将石板移到一边,顺着石板下面的梯子到了地下。她紧跟奶妈下去后,看见一个躺着的小伙子被四根钉子牢牢地钉着。

这时,奶妈劈头就问:"你想好了吗?你同不同意我的意见?"

小伙子对奶妈不屑一顾,态度坚定地说:"不同意。"

奶妈又重复问了三四次,小伙子依然态度坚决。最后,奶妈气极了,用鞭子狠狠地抽他,把小伙子打得遍体鳞伤,然后将带来的一盘清油米饭①递上去,强迫小伙子吃下。就在奶妈准备回去时,姑娘抢先一步离开了。回到房间她就慢慢地睡着了。

奶妈一大早起来就急着沐浴去了。姑娘趁她不在,故意对一个女仆说:"我昨天晚上做了一个梦,可把我吓坏了,但要是女主人听了,非高兴得昏过去不可。所以我决不会对女主人说的。"

姑娘有意放出的这个风在家中不胫而走,很快就传到女主人的耳朵里。女主人立即叫来姑娘问道:"听说你昨晚做了个很吓人的梦,说给我听听是怎么回事。"

姑娘没有一点犹豫,直截了当地说:"夫人,请您跟我来,看了就会明白的。"于是,她领着女主人穿过了一个又一个院子,突然停下来说道,"夫人,这里正是我梦中见到的地方。对,就是这个水池。现在请您找人来把水排掉,沿着地道走下去,就会看到事情的真相了。"

当她们一起来到地下时,小伙子误以为奶妈又来了,大声怒斥道:"混蛋!你晚上来折磨我还不够?怎么白天又来了!"

夫人听见了儿子的声音,喜出望外,急忙奔过去抱住他。

姑娘这时不慌不忙地说道:"夫人,这就是我梦中见到的男孩。"

---

① 清油米饭:中亚和西亚地区通常食用的一种牛羊肉和各种佐料拌在一起的米饭。

她们立即将男孩解救出来,并派人去请医生为他治疗伤痛。男孩子向母亲详细讲述了奶妈如何将他骗到地洞里,然后长期折磨他,逼他就范的全部经过。

正在这时,有人敲门了。女主人对仆人们说:"去把门打开,肯定是奶妈回来了。"

一个女仆去开了门,奶妈一踏进院子,就怒气冲天地对女仆们骂道:"你们都滚到哪里去了?为什么现在才来开门?"可是当她看见那男孩,一下子就蔫了下来,吓得面如土色地愣在那儿。女主人令人将奶妈撕得粉碎,扔去喂了狗。然后她微笑着,温和地对姑娘说:"你就做我的儿媳妇吧!"

姑娘腼腆地回答道:"我现在还不能结婚,必须过了候婚期①才行。"

姑娘知道能治愈她痛苦的药不在这里,而是在其他地方,于是长叹了一声,奥赫又立刻出现在她面前。姑娘说:"你带我去我丈夫那儿。"

姑娘来到丈夫身边,先是哭泣,接着又念了一阵《古兰经》,最后对奥赫说:"再把我卖掉吧。"

奥赫遵命,又将她领到集市上卖掉了。姑娘这回发现买她的主人也是很悲伤,于是问家里的仆人是怎么回事,得到的回答是:

---

① 候婚期,指丈夫死后,妻子在一段时间内不能结婚再嫁。

这家的女主人多年前生了个龙孩，将他长期关在地下室里。龙孩一天天地长大了，夫人既不忍心把他杀掉，又不想让外人知道此事。因此，一家人都愁眉不展，郁郁寡欢。

有一天，姑娘主动向夫人请求道："要是您同意，把我和龙孩关在一起吧！"

夫人不解地说："你疯了吧！"

姑娘仍然神情严肃，一个劲儿地要求，夫人不知所措，只好同意了。

姑娘从容地说："请您把我装进一个皮囊里，然后把口扎紧，扔到龙孩面前，其他的事您就别管了。"

夫人照姑娘的话将她装入皮囊，扔到了龙孩面前。龙孩看了看皮囊说："姑娘，你快将皮囊脱掉，钻出来让我吃了吧。"

姑娘反驳道："你为什么不将自己的皮剥掉，而让我把皮囊脱掉？"

龙孩不高兴地说："你别再烦我了，赶快过来吧！"

姑娘耐住性子，不愠不火地说："你不露出真面目，我就不出来。"

姑娘和龙孩僵持了很长时间，最后龙孩失去了耐性，从龙皮里钻了出来。原来，这竟是一个极其英俊漂亮的小伙子。

姑娘随后也从皮囊中挣脱了出来，和小伙子紧挨在一起，亲亲热热地聊了起来。

过了一阵子，女主人对仆人们说："去看看那可怜的女孩子，是不是遭到了不幸。"

仆人们胆战心惊地从门缝往里一看，哪还有什么龙孩呀，呈现在他们眼前的，竟是一位如花似玉的姑娘，正同一个美男子亲切地交谈哩。仆人们急忙回去将看到的情形向女主人讲了。

女主人非常高兴，吩咐他们将姑娘和小伙子一起带来，并希望他们二人能结为夫妻。

姑娘知道这里也没有能治愈她痛苦的药，于是婉言道：

"等我过了候婚期，再和他结婚吧。"然后，等大家都走了，姑娘又长叹一声，奥赫又来到她的面前。姑娘问道："我丈夫怎么样了？"

奥赫说："依然如故，长眠不醒。"

姑娘又随奥赫来到丈夫身旁，痛哭一阵后又念了一会儿《古兰经》，最后又让奥赫将她卖掉。

奥赫遵命，又将她带到集市上卖了。

这次是一个男子将她买回家去。仆人们告诉她："这家有个规矩，每个新买来的女仆，第一夜必须睡在男女主人的脚跟底下。"

姑娘毫不介意地说："行。"晚上，主人果然让她睡在他们夫妻的脚跟底下。

半夜，姑娘醒了，看见夫人起床去拿了把剑来，在其丈夫的颈上划了一圈，然后将剑擦干净，放进壁橱。然后，她又将自己打扮一番,穿好衣服,在大门口与一个等她的人共乘一匹马走了。

姑娘悄悄尾随在后面,她看到他们穿过几个胡同后,下马去敲一户人家的门,然后进去了。她跟过去从门缝里看见,有四十个违犯教规的人围坐在一起,他们的一个头头不高兴地向女人问道:"今天为什么来晚了?"

女人委屈地答道:"他不睡觉我有什么办法呀。"

随后,他们就开始吃喝玩乐,花天酒地,一直胡闹鬼混到天亮。

姑娘在夫人离开之前先回到家里,躺在自己的位置上装睡。没过多久,她看到夫人回家后急忙从一个盒子里取出一根羽毛和一点油,用那羽毛蘸上油在她丈夫脖子上抹了一圈,丈夫的头就又粘在脖子上了。

那男人打了个喷嚏,醒了过来,随后向夫人问道:"你去哪儿了?怎么全身冰凉?"

夫人撒谎说:"你不知道,我从昨晚到现在一直肚子疼,已经出去好几趟了。"

第二天晚上,姑娘仍然睡在这对夫妇的脚跟底下。半夜时,她看见夫人和头天晚上一样,将丈夫的头割下来,就又出去了。姑娘立即起身取出盒子,用羽毛蘸上油将男人的头和脖子粘在一起,男人仍然打一个喷嚏就醒过来了,他一看妻子不在,就急忙问姑娘:"夫人到哪儿去了?"

姑娘不慌不忙地说:"主人,您请起来,我带您去找夫人。"然后,她就带着男主人来到头天晚上去过的那个地方。

男主人看见四十个违犯教规的人围坐在一起,自己的妻子正在他们中间载歌载舞,他怒不可遏,本想立即冲进去找他们算账,但又想到单身一人寡不敌众,就先去马棚把他们的马全给放了。马群发出嘶鸣声,乱哄哄的,四处逃散。男主人这才回到房门口,手握利剑守在那里,只见从屋里出来一个,他就杀死一个。

从屋里出来的人都先后被他杀掉了,接着他又闯进屋去,把剩下的那个头头和自己的妻子一起杀死,最后转身拉起姑娘的手回家去了。

当他们回到家里时,男主人恳切地向姑娘请求道:“做我的妻子吧,我所有的财产都将属于你。”

姑娘仍然像前两次一样婉转地回答道:“请原谅,我的心早已交给别人了,如果您想善待我,就请将那羽毛和油送给我。”

男人为了感谢她,毫不犹豫地答应了。

这时,姑娘迫不及待地长叹一声,奥赫又来了。她急忙问道:“我丈夫怎样了?”

奥赫说:“还是像你以前见到的那样,沉睡不醒,像石头似的一动不动。”

姑娘更急迫地说:“快带我去见他。”

奥赫将姑娘带到那个花园里。她拿出盒子,用羽毛蘸着油往小伙子腋下涂抹了几次,小伙子打了个喷嚏,坐了起来,毫不迟疑地一把将姑娘抱在怀中。

　　树又开花了,鸟儿也开始唱起歌来,在这对生死相恋的情侣的心目中,一切又都变得那样绚丽多彩。

神奇的苏莱曼戒指

从前，有一个小商人，他的儿子叫巴赫兰。巴赫兰还在襁褓里的时候，父亲就去世了。母亲没有再嫁，靠变卖丈夫留下的家当含辛茹苦地抚育着巴赫兰。当他长到十八岁的时候，家里除了一个装有三百迪拉姆①的钱袋以外，就一无所有了。

一天清晨，母亲对巴赫兰说："好孩子，你父亲去世十六七年，母亲没有改嫁，一心只想把你抚育成人。如今你已经长大，应该设法谋生了。"说完，她从壁橱里取出一个小袋，抖去袋上的灰尘，小心地解开带子，取出一百迪拉姆交给巴赫兰，说道："你把这些钱拿去，像你父亲一样，到集市上做点小买卖吧！"

巴赫兰带着钱走出家门，来到集市广场上，他看见几个小孩捉住一只猫正往布袋里塞。小猫喵喵地哀叫着，样子很可怜。巴赫兰走上前去说道："你们干吗折磨这可怜的小动物？"

---

① 迪拉姆：伊朗古代钱币名，约 3 克重。

孩子们说："嘿,我们正准备把它扔到河里去呢!"

巴赫兰说:"别这么胡闹,快把它放了,让它爱去哪儿就去哪儿!"

孩子们说:"你要是可怜它,就给我们一百迪拉姆,它就归你了。"

巴赫兰把一百迪拉姆给了他们,然后解开袋子,把小猫放了出来。

小猫友好地望着巴赫兰,蹭蹭他的脚踝,吻吻他的脚背,说:"我不会忘记你的恩德!"说完就走开了。

傍晚,巴赫兰两手空空地回到家,母亲说道:"孩子,告诉我你今天做了些什么买卖?"

巴赫兰把自己所做的事详细讲了一遍,母亲耐心地听着,没有说什么。

第二天早上,母亲对他说道:"孩子,昨天你做了好事,用钱救了小猫的性命,这是对的。不过你也该为自己的生活着想。今天你再拿上一百迪拉姆,去集市上做点买卖吧!"

巴赫兰拿了钱,又来到集市上。还没到广场,就看见几个孩子用项圈套住一条狗,一边用棍子打它,一边拖着它往前走。巴赫兰很同情那条狗,问他们道:"你们要把它弄到哪儿去?"

孩子们说:"我们要把它扔到城墙下边去。"

巴赫兰说:"别折腾它,狗是忠实的动物,把它放了吧!"

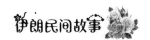

孩子们说："你要是可怜它，给我们一百迪拉姆，它就归你了。"

巴赫兰给了他们一百迪拉姆，然后解开小狗的项圈，把它放了。

小狗摇摇尾巴，围着巴赫兰转了两圈，对他说："好心人，你做了善事，会有善报的。"

傍晚，巴赫兰又像昨天一样两手空空地回到家。母亲听说他又倾囊救了一条小狗，心里不高兴，便责备了他几句。

第三天，母亲又交给巴赫兰一百迪拉姆，并对他说："今天一定得好好做点买卖了，这是最后的一百迪拉姆，要是这点本钱也送了人，我们就什么也没有了！"

巴赫兰带上钱来到集市里，他东转西转，不知做什么买卖好。他就这样走来走去，天都快黑了，他也走累了，就坐在墙角下歇息，忽然看见三四个人点燃一堆火，正要烧毁一个盒子。

巴赫兰好奇地上前问道："盒子里是什么？你们为什么要烧它？"

那伙人说："是一个又漂亮又可爱的小动物。"

巴赫兰说："别烧，放了它，让它走吧！"

那伙人说："你要是可怜它，给我们一百迪拉姆，这盒子就归你了，你愿意把它怎么样就怎么样！"

巴赫兰不由自主地把钱掏了出来，买下那个盒子。他刚要把盒盖打开,那伙人对他说:"别在这里打开,你拿到城外去吧!"

巴赫兰来到城外,打开盒子,一条小蛇从里面爬了出来。他吓了一跳,想转身逃跑,小蛇张口说道:"不要跑,我们从来不无缘无故伤人,何况你还是我的救命恩人。"

巴赫兰想起自己把最后的一百迪拉姆也给人了,不由得在一块石板上坐了下来,垂着头发呆。小蛇问道:"你怎么啦?为什么愁眉不展的样子?"

巴赫兰把自己的身世和这几天的经历告诉了小蛇,小蛇安慰他说:"别难过,你刚才救了我,现在轮到我来帮你了。"

巴赫兰说:"你能帮我什么呢?"

小蛇说:"我的父亲是众蛇之王,大家都叫他蛇王。他只有我这一个儿子。我带你去见他,告诉他你救了我的命。他会问你要用什么东西来报答你,你就说:'我要苏莱曼戒指。'如果他说给你别的东西,你千万别同意,就说你只要苏莱曼戒指。"

巴赫兰很高兴,跟着小蛇一起去见蛇王。小蛇把自己获救的经过一五一十地告诉了蛇王,蛇王听了非常感动,对巴赫兰说:"多亏你救了我的儿子,我要报答你,你想要什么?"

巴赫兰说:"我不想要什么,如果你一定要谢我的话,就把苏莱曼戒指给我吧!"

蛇王说:"苏莱曼戒指是我的传家之宝,不能随便给外人的。"

巴赫兰说:"这样的话那就算了,我救你儿子的时候本来就没有想到要什么报酬的。"

蛇王说："小伙子，你救了我的儿子，保住了我们家的香火不断，我一定要报答你，否则我会于心不安的。"

巴赫兰说："那就给我苏莱曼戒指吧。"

蛇王说："你不知道，一旦苏莱曼戒指落入魔鬼手里，世界就会被搅得天翻地覆，不得安宁。只有心地纯洁、勇敢无畏的人才配拥有它。"

巴赫兰说："你怎知我不是一个心地纯洁、勇敢无畏的人呢？"

蛇王无话可说了。他认真地打量了一下巴赫兰，终于把戒指拿出来交给他，并叮嘱道："要时时刻刻把它随身携带保管好，千万不要告诉别人你有这么一件宝物！"

巴赫兰说："好！"然后就起身告辞了。

小蛇问他说："你有没有问蛇王这戒指有什么用？"

巴赫兰说："没有。"

小蛇说："我来告诉你。只要把戒指戴在中指上，一摩擦它，就会有一个黑奴从里面跳出来听你吩咐，你要他做什么他都能做到。"

巴赫兰听了很高兴。他这时候正饿得肚子发慌，想吃清油米饭了，就连忙把戒指戴在中指上，擦了一擦，眨眼间，一个黑奴出现了，同时还把一盘清油米饭放在他跟前。巴赫兰饱吃了一顿，然后高高兴兴地回家了。

母亲一见面,就担心地问他:"你去哪儿了? 怎么这么晚才回来?"

巴赫兰把自己的经历告诉了母亲,最后说道:"从今以后我们就有好日子过了,再也不用为衣食发愁啦!"

母亲听了也很高兴,说:"那你现在有什么打算?"

巴赫兰说:"我想先把咱们家这间小屋拆掉,新建一座像宫殿一样的房子。"

母亲说:"不,孩子,我跟你父亲在这小屋里共同生活过,这里留下了许多美好的回忆,我喜欢住在这里。你在小屋旁边另外建一座宫殿,你住在那里好了。"

巴赫兰听从母亲的建议,在小屋旁边建起了一座豪华的宫殿。

从此,巴赫兰过上了舒适富足的好日子,丰衣足食,无忧无虑。要说还有什么欠缺的话,那就是他还没有娶到一个好妻子。

一天,巴赫兰从王宫外经过,意外地看见了一位美丽的公主,他高兴得情不自禁地对自己说道:"巴赫兰,你终于找到了能配得上你的人啦!"

他回到家就请母亲去为自己求婚。

巴赫兰的母亲来到王宫,请求卫士让自己进去,先见到王宫总管,对他说:"我要见国王。"

王宫总管问明她的来意后便报告了国王,国王说:"让她进来吧!"

巴赫兰的母亲来到国王跟前，国王说："你有什么事？"

巴赫兰的母亲说："我来为我的儿子向公主求婚。"

国王听了大怒，对宰相说："我怎么处置这个大胆的老太婆呢？"

宰相在国王耳边说道："给她出个难题难倒她。比方说，要一笔重重的聘礼，她付不起，就不敢再提婚事了。"

于是国王对巴赫兰的母亲说："你的儿子是干什么的？"

巴赫兰的母亲说："我的儿子还没有什么职业，可他是个心地纯洁的好青年，身强体壮，什么都不缺。"

国王说："我的女儿可不能随便嫁人。娶她为妻，要有万贯家财才行。首先要用七峰骆驼驮载的金银送给王后，感谢她的养育之恩；其次要有七颗大钻石，用来装扮新娘在婚礼上戴的花冠；还要有七罐黄金作为聘礼，七块缀满珍珠的锦缎用作新婚之夜的地毯。"

巴赫兰的母亲说："国王啊，这些财物都算不了什么，把'七'这个数字换成'七十'好了！"

国王笑了起来，说："那好，你去准备好了送来，就可以迎娶公主了。"

巴赫兰的母亲回到家，把国王的条件告诉了巴赫兰。巴赫兰借助苏莱曼戒指的神力，准备好所有物品送到王宫。国王只好把公主嫁给了他。迎亲时，他们欢天喜地地庆祝了七天七夜。

巴赫兰的幸福生活,我们暂且讲到这里。有一个邻国叫作土兰,土兰王子一直爱着这位公主。当他听说公主嫁给了巴赫兰以后,痛苦万分,同时又很吃惊,他想:"我是堂堂的土兰王子,向公主求过两次婚,她父亲都没把她许配给我,一个小商贩的儿子凭什么娶了她?"

他派人前去打听,才明白原来巴赫兰满足了国王提出的苛刻条件,送去了很多金银珠宝。王子想:"我得弄清楚这小商贩哪儿来的这么多财富,然后再把公主夺过来。"

他找来一个诡计多端的老巫婆,对她说:"你去把这件事查清楚,要是能帮我把公主夺过来,我会重重地奖赏你。"

老巫婆接受了差遣,马上动身上路,三个月以后终于来到巴赫兰和公主居住的城市。她找到巴赫兰的宫殿,上去敲门。女仆打开门,问道:"你找谁?"她说:"我找你的女主人。"女仆把她带去见公主,老巫婆对公主道:"我是个可怜的异乡人,在这里无亲无故,让我在你的宫殿里歇息几天,然后我再继续赶路去。"好心的公主说:"欢迎你,你愿意住多久就住多久。"

老巫婆就这样留了下来。她每天不停地夸奖公主待人和气,心地善良,又称赞她的美丽真是人间少有,天下无双。慢慢地,公主变得越来越喜欢她、信任她,什么心里话都跟她讲了。

一天,老巫婆对公主说:"亲爱的公主,我年纪这么大,什么稀奇古怪的事儿都见过,可是我从来没见过一个小商人比国王还

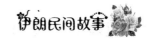

富有。”

公主说：“我以前也没见过。”

老巫婆说：“你知道你丈夫这么多钱财是从哪儿来的吗？”

公主说：“不知道，他从来没对我说过。”

老巫婆说：“那你可得问清楚，说不定哪天就会有用呢！”

晚上睡觉的时候，公主对巴赫兰说：“你是个小商人的儿子，怎么会有这么多财产？”

巴赫兰说：“这跟你有什么关系？”

公主说：“我们是终身伴侣，当然应该什么都知道。”

巴赫兰说：“这种话你不应该问。”

公主听了很不高兴，对巴赫兰的态度变得越来越冷淡。巴赫兰见她这样，只好把戒指的事告诉了她，并一再叮嘱她道：“千万别把这个秘密告诉别人，否则我们会大祸临头的。”

可公主还是把这个秘密向老巫婆泄露了。一天，老巫婆趁大家不注意的时候，悄悄溜进了巴赫兰的卧室，窃取了那枚戒指。她戴着戒指，立即溜出王宫，一刻不停地赶回土兰去见王子，并把戒指的故事对他讲了一遍。

土兰王子急不可待地把戒指戴到中指上，擦一擦，然后对那个跳出来听候命令的黑奴大声说道：“把公主和宫殿搬到这里来！”果然，一眨眼的工夫，黑奴就把公主和宫殿搬到了他的跟前。

土兰王子见到公主，欣喜若狂，马上就提出要和她成婚，公主不肯,可是最后经不住他软磨硬泡,无可奈何地答应四十天后和他结婚。

巴赫兰这一天正好不在家,等到他回来时,宫殿和公主都已不见了踪影。他明白:一定是有人偷走了戒指。他非常伤心,一时不知该怎么办才好。

就在这时,正好小蛇、小猫和小狗一起来看巴赫兰。它们明白了他伤心的缘故之后,小蛇对小猫和小狗说:"他是我们的救命恩人,我已经报答过他了,现在是你们报恩的时候了,你们应该去把苏莱曼戒指找回来。"

小猫和小狗说:"好。"

小猫和小狗匆匆上路了。它们穿过一片片原野,爬过一座座山冈,终于到达了土兰国,并找到了那座王宫。

小狗躲在王宫花园里,小猫悄悄溜进宫找到焦虑不安的公主,公主对它说:"土兰王子总是随身戴着戒指,睡觉时还把它含在嘴里,生怕有人把它偷走。你要想办法尽快把戒指拿到手,否则四十天一到他就要逼我结婚了。"

小猫回到花园里把消息告诉了小狗,它们决定当天晚上就行动。

半夜里,夜深人静。小猫和小狗溜进王宫,小狗躲在一个角落里,小猫钻进厨房,逮住了一只老鼠。老鼠吱吱叫着求饶,小猫对它说:"你要想活命就得照我的话去做。"老鼠说:"一定照办。"小

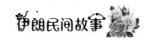

猫说:"先去把你的尾巴蘸上胡椒粉。"老鼠照办了。小猫又说:"现在我们一起去王子的卧室。到那儿以后,你赶快用尾巴朝他的鼻孔里捅一捅,让他打个喷嚏,然后你就自由了。"老鼠说:"我一定办到。"

它们俩一起来到王子的卧室,小狗紧跟在后。老鼠悄没声息地爬到床上,把蘸着胡椒粉的尾巴伸进王子的鼻孔里捅了捅。睡梦中的王子马上打了个大喷嚏,把戒指从嘴里喷了出来。还没等戒指落到地上,小狗就一个箭步冲上去,用嘴接住戒指,然后和小猫一起跑出了王宫,头也不回地离开了土兰。没过多久,它们就遇到了匆匆赶来的巴赫兰,高高兴兴地把戒指交给了他。

巴赫兰把戒指戴在中指上,轻轻一擦,黑奴就跳了出来,巴赫兰命令他把公主和宫殿,还有他自己和小猫、小狗都一起送回自己的家乡。

土兰王子一连打了好几个喷嚏,还没等他把口水擦干,就发现戒指不见了,公主也不见了。

巴赫兰借助苏莱曼戒指的神力,把自己需要的所有物品都准备充足。为了不让戒指再落入坏人手里,他把它扔到了大海深处。他和家人、朋友们一起过着快乐的生活。

国王和大臣

从前,有一位国王,他有个妃子美貌无双,国王非常宠爱这个妃子。

国王有个大臣心性邪淫,自从见过王妃以后就被她深深地迷住了,他不敢对别人吐露这个秘密,知道一旦传到国王耳朵里就完了。他朝思暮想,琢磨着如何取代国王的位置,把那女人占为己有。

一天,城里来了个流浪汉,精通奇术。他每天在广场上做表演,围观者很多,时不时爆发出潮水般的喝彩声。这消息传到国王耳中,国王把大臣召来,对他说:"你去看看这个流浪汉是什么人,来这儿有什么目的。"

大臣出去见了流浪汉,回来向国王报告:"陛下,那个流浪汉在表演魔术,真有两下子。"

国王说:"好,去把他带来,我也看看他的表演。"

大臣把流浪汉带来了,国王看了他的表演表示了赞赏,但又对他说:"这些算不了什么,我看过比这更高明的表演。"

流浪汉被激怒了,说:"我现在就给你表演个绝活儿,不信你看过比这更高明的。"

国王吩咐众人退出去,屋里只剩下他们两人。流浪汉说:"陛下,我能从自己的躯体走出来,进入别人的体内。你现在让人拿只鸡来,我表演给你看。"

国王叫人拿来一只鸡,流浪汉把鸡勒死,然后就从自己的躯体出来进入了鸡的体内。国王一看惊奇不已:死去的鸡复活了,咯咯地叫着,而流浪汉却像个死人一样,浑身冰冷,倒在墙边。

几分钟后,流浪汉又复活了。

国王拍手称妙,说:"你有什么要求我都答应,只要把这魔法教给我。"

流浪汉说:"我要一个霍斯鲁金坛子。"

国王答应了,让人拿出一个霍斯鲁金坛子给他。

流浪汉说:"我还有个条件,这件事你不能告诉任何人,没有我的允许也不能教给别人。"

国王又答应了,流浪汉就把诀窍教给了国王。

国王自从学会了这个魔法,便经常钻到别人的体内去玩。

说来也怪,大臣不知怎么知道了这件事。

一天晚上,他悄悄地把流浪汉找来,对他说:"你把教给国王的那套功夫都教给我,你要什么我都给你。"

其实流浪汉正是为了大臣的女儿而来的,他早已被那个漂亮的姑娘迷住了。于是他说:"我教你的条件是,把你的女儿嫁给我。"

大臣先是吃了一惊,然后很快就同意了。他马上去找女儿,把事情对她讲了。女儿说:"爸爸,我决不会做流浪汉的妻子。你告诉这流浪汉:'你要娶我女儿,就得按城里规矩拿来一个霍斯鲁金坛子。'"

第二天,大臣叫来流浪汉,对他说:"我本想把女儿嫁给你,无奈女儿不愿意,除非你拿一个霍斯鲁金坛子来。"

流浪汉说:"我准备好了。"

大臣回去对女儿说:"你先装出愿意的样子,等事情办完后我来对付他。"

大臣又去对流浪汉说:"快拿来金坛子,然后教我魔法,好领我女儿走。"

流浪汉非常高兴,事情都办完后,抓着大臣女儿的手要走,大臣说:"这样不行。我是国家大臣,女儿的婚礼不能这么随便,人家会笑话的,你先等上四十天,我通告族人,准备婚礼。"

没过多久,大臣就找个借口把流浪汉赶出门。流浪汉经受着爱情的折磨,流落到荒郊野外。

再说大臣从流浪汉身上学到魔法,他便来到国王跟前说:"陛下,您擅长的魔法我也会了,我想跟您商量一下,咱俩避开别人将此魔法比试比试,好吗?"

国王点头同意了。

几天后,大臣对国王说:"陛下,咱们打猎去,不带随从,免得让人家看见咱们钻到动物身上去了。"

国王欣然同意,两人上路了。

大臣把国王带出城外三四十里,来到一个小村附近。

他们看见一只鹿,追赶过去,把鹿射死在地上。大臣说:"陛下,您先请。"

国王跳下马,进到鹿的体内。说时迟那时快,这边国王刚进去,那边大臣也从自己的体内出来,进入国王的躯体里。大臣眨眼间成了国王,他飞身上马跑向村子。村里人见国王来了都上前迎接,下跪行礼。大臣说:"我跟大臣出来打猎,大臣心脏病突发死了。你们来三四个人帮忙,把他的遗体抬回去交给他家人。"

村里人把大臣的遗体运回城里,大臣的妻子和孩子伤心痛哭,然后把尸体埋了。

披着国王躯体的大臣回到王宫,早有人上前搀扶他下马。大臣迫不及待地赶往后宫。

国王宠爱的那个妃子远远看见国王来了,急忙跑到门口迎接。但到了近处一看,这人有国王的相貌和衣着,却没有国王的神情和散发的体味。

成了国王的大臣盯着这个女人,从头看到脚,不禁心花怒放。

他对自己说："我处心积虑就是为了得到这个美人,今天总算如愿以偿。"

可是,不管他对这女人多么亲切,那女人总是躲避他。

现在,让我们再来看一看国王吧。当国王进入鹿的体内,大臣把他的躯体穿上了,国王明知上了当,但怕大臣回头用箭射他,便赶紧跑走了。他跑啊跑,跑到一片树林里,看见一棵树下有只死鹦鹉,很高兴,便从鹿身上出来进入鹦鹉体内,张开翅膀飞上树,和一群鹦鹉混在一起。

很多天过去了。一天,他和一群鹦鹉在树上跳来跳去嬉戏着,突然看见树下有个猎人在布网。这只鹦鹉跟别的鹦鹉说："有个猎人在树下设网要抓我们,咱们最好赶紧飞走。"

别的鹦鹉都飞走了,只有国王装着不知道,跳下树来觅食,走着走着一下子掉进网里。猎人很高兴,上前抓住鹦鹉。鹦鹉见这个猎人有些面熟,过一会儿想起来了,这就是那个流浪汉,教他魔法的人。

鹦鹉说："如果你想发笔财的话,就把我带到城里,可以用一百块金币把我卖给那里的国王。"

猎人一听这话,想起大臣女儿就在城里,而且自己和城里的国王也认识。鹦鹉的话点燃了猎人的爱情之火,他想："有道理,我去把鹦鹉卖给国王,如果成交了,我还可以向国王告大臣一状,让他还我公道。"

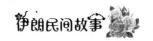

猎人带着鹦鹉进了城,来到王宫。国王很喜欢这只鹦鹉,出一百块金币买了下来。

谈话之间,猎人对这个国王产生了疑问,他看出这人不是国王,而像大臣。所幸大臣没认出他来,于是他拿着金币赶紧离开了。

国王吩咐仆人把鹦鹉送到后宫王妃那里。鹦鹉看见王妃非常消瘦,郁郁寡欢。

鹦鹉说:"夫人,你为何这么忧愁,这么消瘦?"

"唉,你是一只鹦鹉,就别猜我的心事了,我有苦说不出,不能跟外人讲呀!"

"请告诉我吧。"

"你帮不了我的忙。"

"或许能帮上,说吧。"

由于鹦鹉一再坚持,王妃最后终于说道:"我是国王的妻子,非常爱他。有一天,国王和大臣一起出去打猎,国王回来说大臣突发心脏病死了。我发现国王的神情和气味都变了,就知道肯定发生了什么事。从那天开始,一个月过去了,我日夜不安,终日忧郁。这个男人尽力想讨我欢心,可是我一点也没兴致,只想逃脱出去。"

鹦鹉说:"夫人,你闻闻我,是不是有你丈夫的气味?"

女人上前闻了闻,大为惊讶,说道:"哎呀! 这是国王的气味啊!"

　　鹦鹉说："我就是国王。"于是鹦鹉从头到尾把事情经过讲了一遍。

　　女人说："现在我们怎么办?"

　　"今晚大臣来的时候,你先把我的笼子门打开,然后对着他笑,哄他高兴。他会问你还有什么要求,你说:'我要你像以前那样一心爱我,但是自从你打猎回来就不像从前那样爱我了。'他听了这话,一定会说:'不,我还像从前一样爱你。'这时你就说:'如果你的话是真的,你就把流浪汉教你的魔法教给我吧。'他要是愿意,剩下的事就由我来办。"

　　当假国王来了以后,王妃按上述吩咐做了,假国王答应教她魔法,王妃让人带进来一只黑狗,把它弄死。大臣从国王躯体里出来,进入狗的体内。

　　国王立刻从鹦鹉体内出来,回到自己身上,然后气愤地说:"嘿,你这个卑鄙小人,愚弄了我。现在你自食恶果,一辈子都做这只黑狗吧!"

　　王妃满心欢喜,国王立即派人找来流浪汉,把事情经过对他讲了。流浪汉也把自己的心事讲了,国王任命他为自己的新大臣,把原来大臣的女儿许配给他。

　　变成了狗的坏大臣被关进笼里,每天有人扔根骨头给它吃,直到死去。

神奇的白额牛

有个男孩名叫古尔金，他很小的时候妈妈就死了，父亲娶了后娘。一年以后，后娘又生了个儿子。后娘对自己的亲生儿子百般宠爱，舍不得让他干一点活儿，让他吃好的穿好的，娇生惯养。偏偏这儿子不争气，长得面黄肌瘦，又矮又丑；古尔金正相反，虽然后娘总是虐待他，让他干粗活儿，吃干大饼，穿破衣裳，他却一日比一日长得清秀英俊，身材高大，让后娘心里又嫉妒又生气。

每天一大早，后娘就给古尔金一张大饼作午饭，让他赶着牛羊去野外放牧；到了晚上，古尔金放牧归来，后娘连家门也不让他进，就叫他睡在羊圈里和牲口们一起过夜。古尔金过着和长工一样的日子，怕老婆的父亲却不敢为他说一句公道话。

有一天，古尔金又赶着牛羊去放牧。中午的时候，他觉得肚子饿了，就掏出大饼来吃，可是大饼因为放的时间太长，已经变得像石头一样硬，怎么咬也咬不动。古尔金又饿又难过，就坐在地上发起呆来。

在古尔金放牧的牛羊里,有一头老牛,大家都叫它"白额牛",它是看着古尔金长大的。这天,它见古尔金呆呆地坐在一边,很伤心的样子,就开口问道:"哎,古尔金,你在想什么?"古尔金答道:"我在想自己是多么不幸!"白额牛说:"出了什么事?"古尔金就把自己过的日子讲给白额牛听了。白额牛说:"别难过,你的苦日子就要过去了。现在你赶快起来,用水把我的角洗干净,然后用嘴吸吮一下,吸我的右角你可以吃到蜜,吸左角可以吃到黄油。"古尔金照着白额牛的吩咐去做,果然吃到了香甜的蜜和可口的黄油,饱餐了一顿。白额牛又叮嘱说:"以后你什么时候饿了都可以像刚才那样找到吃的,不过有一点要记住:这件事千万不要告诉别人,否则,我们俩都会有生命危险。"

古尔金从此不再挨饿了,他每天都能吃到蜜和黄油,脸色变得越来越红润,容光焕发。这使他后娘觉得非常纳闷,她想不通为什么古尔金整天在野外风吹日晒,光啃一块又干又硬的大饼充饥,脸却滋润得像个红苹果;而她的亲生儿子每天在家吃好的,什么活儿也不干,风吹不到雨淋不着,脸却黄得像枚干柠檬。一想到这里,她就气得要命。后来她猜测着:说不定有人暗中帮着古尔金,在外边给他送吃的!

于是有一天,后娘给自己的亲生儿子准备了一份干粮,对他说:"你今天跟古尔金去放牧,你要睁大眼睛,看看他在那里都做些什么,中午吃些什么。"

古尔金赶着牛和羊,带着弟弟到野外放牧。中午的时候,弟弟问古尔金:"你吃不吃午饭?"古尔金说:"不,我还不饿,你吃吧,不用管我。"弟弟一个人把带来的午饭吃了,心里暗自奇怪:古尔金到底吃什么呢?过了一个时辰,他看见古尔金走到牛群中,把一头牛的角洗了洗就吸吮起来。晚上回到家,他把看到的情景报告了后娘,后娘说:"原来是这样!明天你还跟他去,他要是不吃午饭,你也不吃,你也去吸吮那头牛的角。"

第二天,弟弟又跟着古尔金去放牧。吃午饭时,弟弟又问古尔金:"你吃饭吗?"古尔金说:"不,我还不饿,你吃吧,不用管我。"弟弟听了也不吃饭,在那儿等着,后来他看见古尔金又像昨天一样把那头白额牛的角洗了洗就吸吮起来。古尔金吃饱以后到河边喝水去了,弟弟走到白额牛身旁,学着古尔金的样子也想吸吮它的角,不料白额牛抬起脚来把他踢倒在地。弟弟爬起来,假装什么事也没发生。晚上回到家,弟弟把白天的事一五一十告诉了后娘。后娘这下子明白了:原来事情的奥秘在那头白额牛身上。

一天晚上,古尔金肚子饿了,他走到牛圈里,刚把嘴凑近白额牛的角,后娘就跟进来了。她一把揪住古尔金的胳膊,问道:"你在干吗?"古尔金说:"没干吗,我想给这头牛洗一洗。"后娘说:"你很心疼这头牛吧?看我怎么收拾它。"说完她就跑回自己屋里,躺在床上用被子蒙头装起病来。同时,她又叫女佣悄悄给附近的大夫捎去口信说:"等一会儿如果有人来请你去看病,你就说要治好病只有用白额牛的心肝。"没过多久,古尔金的父亲果然派人来请大夫。大夫到了古尔金家,给后娘看了看,就对他父亲说:"她病得很重,不过只要把白额牛的心肝烤熟了给她吃,她的病就会好。"

古尔金父亲说:"这好办,明天一早我们就把白额牛杀了,她吃牛心肝,我们吃牛肉。"

古尔金听到了这个消息,知道大难临头了,急忙跑到牛栏里,忍不住大声哭起来。白额牛问他:"古尔金,出了什么事? 为什么你哭得这么伤心?"古尔金说:"明天一早他们就要杀死你了。"白额牛问:"为什么要杀我?"古尔金把事情的经过告诉了它。白额牛安慰他说:"别伤心,他们杀不了我,但你要帮忙做两件事:一是当他们要拿绳子绑我的时候,你给他们拿一根发朽的绳子;二是在院子里撒上一些草木灰。你一看见我从地上站起来,就跳上我的后背,紧紧抓住我的双角别放。"古尔金答道:"好的。"

第二天一早,古尔金的父亲准备杀牛,把牛牵到院子里,对古尔金说:"去给我拿根绳子来。"古尔金从羊圈里找来了一根发朽的绳子,又在院子里撒上了很多草木灰。父亲说:"我把刀磨一磨,你跟弟弟把牛捆起来。"古尔金照他的吩咐把牛绑住。父亲磨好了刀,走过来刚要按住牛脖子,白额牛用力一抖,挣断了身上的绳子,站起身,把地上的草木灰扬起来,灰土迷住了大家的眼睛,古尔金马上跳到牛背上,紧紧抓住牛角,白额牛便驮着他像旋风一样冲出了家门。

白额牛跑呀跑，一直跑到野外的一丛芦苇边才停下来，它对古尔金说："你在这里折一枝七节的芦苇带在身上。我就要离开你，让你独自一人留在附近的这片树林里了。你每天饿了的时候，或是碰到了什么困难，就敲一敲那枝芦苇，我就会来帮你。"说完，白额牛转眼不见了。古尔金从此一个人在树林中生活，白额牛每天来看他一次，像从前那样给他送黄油和蜜吃。

古尔金在树林中过着自由自在的生活，却不知这一片园林是当地国王的禁苑。国王有一个女儿名叫洛珊娜，是国王的掌上明珠。她长得貌如天仙，非常漂亮，远远近近有许多王子都慕名前来向她求婚，她却一个也没相中。国王也实在拿她没办法。这一天，洛珊娜在宫中觉得烦闷，就带着几个侍女来到禁苑散步。古尔金远远望见有人来，就连忙爬到一棵大树上躲起来。公主和侍女们在林中追逐嬉戏着，玩得正开心，忽然公主无意中抬头看见了躲在树上的古尔金——一个她从未见过的英俊少年。洛珊娜一见钟情，那颗心咚咚直跳，不由得站在那儿怔怔地发愣。侍女们以为公主身体不适，连忙陪着她回宫去了。

洛珊娜见了国王，说道："父王，我梦见有个人对我说：'你的丈夫在王宫禁苑里的一棵大树上。'请您将他赐给我吧！"国王说："谁敢跑到禁苑里来？"洛珊娜说："我的梦不会是无缘无故的。"国王说："好吧！"第二天，国王派了十名侍从到禁苑里去看个究竟。古尔金远远望见有人来，又爬到大树上藏身，谁知那些人径直来到

他藏身的树下，对他喊道："喂，年轻人，快下来，国王要见你！"古尔金说："不，我不想下来。"侍卫们说："你不下来，我们就上去捉你！"古尔金见情况不妙，就从怀里掏出那枝芦苇来敲了敲，白额牛便出现了，它用角撞倒了几名侍卫，那些侍卫便急急忙忙跑回王宫报告去了。国王说："你们几个悄悄地再去一次，给他来个措手不及。"到了晚上，古尔金在大树下睡着了，侍卫们一拥而上围住了他，先从他身上搜出那枝芦苇，让他无法再向白额牛求救，然后把他拉起来带到国王面前。国王见他长得英俊高大，气度不凡，内心深感欢喜，于是下令给他和洛珊娜举行结婚典礼。古尔金对国王说："能够娶公主为妻我很高兴，不过我有一个条件：先把那枝七节芦苇还给我。"国王命令侍卫们把芦苇还给古尔金，古尔金又敲了敲芦苇召来白额牛，把事情的经过告诉它，然后说道："我很希望父亲能来出席我的婚礼。"白额牛听后就去接来了古尔金的父亲。

在古尔金和洛珊娜的婚礼上，新郎新娘骑着大象绕全城巡行，大家兴高采烈，喜气洋洋。国王因为没有儿子，指定古尔金为王位的继承人。婚礼那天还从天上降下来四个赐福的苹果，一个给了古尔金，一个给了洛珊娜，一个给了保存了这个故事的人，还有一个呢，就给现在讲述这个故事的人了。

希尔与夏尔

这已是数百年前的事了。有一天,在伊朗某个小镇,一群孩子正聚在一起做游戏。这游戏需要一个头目,他们决定抽签,结果抽中的是夏尔。但是大家对他不满意,齐声嚷道:"这次不算,我们不同意,重抽!"夏尔一听急了,叫道:"凭什么不同意?游戏还没开始,你们怎么就知道我不行?"

一个小孩叫道:"我们吃了几次亏了,你一当了头就横行霸道,搞阴谋诡计,欺软怕硬。我们要平等,再选一个吧!"

他一说完别人都随声附和。因为寡不敌众,夏尔只好不作声了。于是大家又开始重新抽签,这回抽中的是希尔。大家都很高兴,为他叫好。希尔是个很有教养的孩子,从不背后说人坏话,做游戏很公平,对所有人都很亲热,没有人能挑出他的毛病来。

当众人为选中希尔而欢呼雀跃时,夏尔在一旁妒忌得脸色通红。希尔看在眼里,为了宽慰他,当众宣布:"我现在请夏尔当副手,大家也要听他的。"

　　不等别人说话,夏尔就抢着说:"谁稀罕当你的副手,我不玩了,我要回家。"

　　夏尔心里愤愤不平,很不情愿地一个人回家去了。

　　从那以后,大家还是每天在一起玩耍,都把这件事忘了,唯独夏尔念念不忘。他对希尔怀恨在心,经常背后说他坏话,比如,说希尔是个假好人、胆小鬼等等。但别人都不以为然,甚至帮希尔说话,站在希尔一边。

　　许多年过去了,孩子们都长大成人,彼此见面的机会也逐渐少了。俗话说:物以类聚,人以群分。希尔和夏尔都跟自己性情相投的人交往,他们之间的联系也越来越少。

　　有一年,希尔打算到别的城镇去旅行。

　　古时候旅行,常常要过沙漠,那可不像现在安全,路上小偷、强盗、土匪经常出没,因此,人们往往随驼队而行。可是希尔这次却打算一个人独行。他变卖家产换了两颗宝石藏在身上,以便手头吃紧时卖掉糊口。

　　临走时,希尔和朋友们一一告别,夏尔也暗里知道了这个消息。

　　这天,希尔打点好行装,背包里装满了水和食物,和家人告别后就出发了。没走出多远,就迎面碰上了夏尔。

　　"希尔,你好,上哪儿去呀?"

　　"你背着背包,也要出远门吗?"

"是呀！我对这个小镇厌倦极了,想去个好地方,你呢?"

"我也想看看外面的世界,看看自己能干点啥?"

"咱们想到一块去了,我想到查布尔加①去,那儿比别的地方都好。"

"我也听说过这地方。"

"百闻不如一见,那可是个好地方,我以前去过一次,那里的人白天黑夜都活得逍遥自在,什么东西都有。"

"我也不知道那里到底咋样,但我想哪个地方都有好有坏。"

"说了你也不信,好吧,你上哪儿,我就跟到哪儿,这样路上安全些。查布尔加可真是个好地方,我亲眼见过,人人也都这么说嘛。"

"那就走吧,我无所谓去哪儿,只是想看看外面的人怎样生活。"

希尔和夏尔结伴同行,边走边聊,离有人烟处渐渐远了。

走着走着,天色逐渐黑下来。他们停在荒漠里,前不着村,后不着店,只好用石块围起一圈墙过夜。

希尔打开背包,拿出水袋、烤馕和其他食物,分给夏尔一起吃,吃完饭两人睡下了。第二天东方刚露出鱼肚白,他俩又启程了。

两天过去了,他们还没走出沙漠。不论走到哪儿,每当休息吃

---

① 查布尔加:传说中的一个地名,位于世界的最东端。

东西时,希尔总是把自己的水和食物拿出来两人吃,因为平时他热情好客惯了。夏尔有时也拿出食物来两人吃,但就像希尔身上偷偷地藏着两颗宝石一样,夏尔的背包里也藏了一袋水,从来没跟希尔说过。

一个星期过去了,他们还是没有走出沙漠。希尔随身带的水和食物都吃光了。夏尔对这一带地形很熟悉,希尔却毫无旅行经验,当他向夏尔要吃的东西时,夏尔面无表情地说:"我们刚走了几天,前面还有更长的路。在沙漠里什么吃的也找不到,要想走出沙漠不饿死,现在就得省着点用。"

希尔只好忍受着,拖着疲惫的身子往前走。他想,前面没准也能找到水喝。

第八天,骄阳似火,不一会儿,大地就全烤热了。临近中午时,希尔已经渴得受不了了,他说:"我实在是口干舌燥,快支撑不住了。"他感到奇怪得很,夏尔怎么就没事,嘴唇一点也没干裂。但有一次他看见夏尔偷偷地在喝水,马上就明白了。希尔说:

"夏尔,把你的水给我喝一口,我快渴死了。"

"不,我的水很快就要喝光了。"

"你先给我喝一口,也许我们很快就能找到水的。"

"可以肯定,几天之内,我们休想找到水。"

"你这样做不够朋友吧!你有水喝,我却嗓子眼冒烟。再说,我的水不是咱俩一起喝的吗?如果只我一个人喝,也不会这么快

就喝光了。"

"那跟我有啥关系？你有就有，没有就没有，你要我的水喝，那我自己不就要渴死了？"

"我们是伙伴，有东西应该一起分享，谁都不知道以后会怎样，也可能过一会儿就到了有水的地方。我劝你别自私，咱们以后还要见面，还要相处。你的话可不太友好、不太公平，我们一起走了这么远，你从早上到现在已经喝了两次水，我从昨天到现在却滴水未进，天这么热，我快昏倒了，再也没力气了，你就别再折磨我了！"

"首先，我不会内疚，这有什么可内疚的。其次，你说我不友好，那是你的想法，友好值几个钱？这儿不是城里，是沙漠，是死亡之地。我并不想与你相处一辈子，从小他们就夸你是好人，但在这地方那些话都没有用。你还记得，小时候有一天，他们不选我当头头而选你吗？"

希尔终于明白过来：自己原来跟一个仇人同路，这个人披着朋友的外衣把他引到了沙漠里面。毫无疑问，他一直在伺机报复，也可能要讹他钱，于是希尔说：

"这样吧，夏尔，我想我肯定能走出这片沙漠，如果公平的话，你就给我点水喝，要不你卖给我点儿，我有两颗很贵重的宝石，是我变卖全部家产换来的。毕竟咱们是同乡，从小一起长大，这样总算可以吧？"

"你想骗我？想在没人看得见的地方给我两颗宝石，到了城里就毁坏我的名声再取回去。这一套我在行,你把我看成像你一样的傻瓜了!"

希尔这时因为干渴已经声音嘶哑、目光模糊不清了,他昏倒在地,说:"夏尔,我以真主的名义发誓:我没这么想过。水的价值确实比不上两颗宝石,可是对于我来说,现在水更值钱啊。我是心甘情愿把宝石送给你的,以后决不会把它要回来了。"

夏尔冷笑道:

"我知道你急着要水喝才说这样的话,一个人有求于别人时什么都可以说,事后就变卦。好吧,如果你说的是真话,那么你就答应一件事,答应了我就给你水喝。自从那天被你们要了以后,我已经十年没看你一眼,从今以后,你也不许再看见我。你的宝石自己留着吧,但我要取你眼里的两颗宝石。这种宝石你是要不回去的。"

希尔倒吸了一口冷气,说:

"你居然为了一口水要弄瞎我的眼睛,你怎么能忍心说出这种话来? 你就不怕真主惩罚你吗?"

"我再说一遍,你到底愿意不愿意? 我就要走了,从这儿走出沙漠,至少还要走七天才能见到人烟,你是想死在这沙漠里,还是牺牲眼睛保住命?"

希尔再也说不出话来了,他还是相信夏尔不会这么残忍,不会为了一口水而弄瞎别人的眼睛。"你自己凭良心吧,我不相信……

随你便吧,给我水,我渴……"

不等希尔说完,夏尔手里拿着铁片向希尔双眼划去,顿时希尔满脸是血,他疼得大叫一声"主啊",倒在地上不省人事。

卑鄙的夏尔把希尔的包袱打开,取出宝石和衣物,匆匆离去。

当希尔醒过来时,迷迷糊糊意识到夏尔扔下他跑了,他用手摸摸眼睛,凄惨地哀号起来。

但是真主想让希尔活下去,厄运即将过去。

夏尔说走出沙漠需要七天,其实他是在吓唬人,他也不知道离此不远就有一口水井,两三天前一群库尔德人①迁居到了这里。

这支库尔德人部落赶着牛、羊、骆驼来到这片沙漠的边缘,但是水井离他们的帐篷还有一段距离。

库尔德人族长有个女儿,非常美丽,待人亲切,是她母亲的好帮手。那天下午,她听说母亲口渴,马上拿起水罐说:"我去井边打水去。"

姑娘走了长长一段路来到井边,打了水往回走时,突然耳边传来微弱的呻吟声。她吃惊地循着声音走过去,看见一个人双眼血肉模糊,仰卧在地,嘴里呼唤着真主。姑娘忙跑上前问道:

"哎呀,你是谁?怎么一个人留在这儿?谁把你弄成这样?"

---

① 库尔德人:西南亚库尔德斯坦地区的基本居民,分布在土耳其、伊朗、伊拉克、叙利亚四国境内,多信伊斯兰教逊尼派,现定居农民日益增多,游牧民逐渐减少。

"不知道你是谁,是仙女,还是人? 但不管你是谁,如果你有水,就给我喝一口。我就要渴死了。"

姑娘赶紧把水罐递给希尔,希尔爬起来,双手捧着水罐喝了几口说:"感谢真主,我得救了! 你是仁慈的主派来的吧! 你救了我,可我怎么看不见你,天哪! 我的眼睛!"

希尔捂着双眼,又跌倒在地上。

"现在好了,起来吧,我把你送到我们的帐篷里去。"

可是,希尔由于长时间干渴和太阳曝晒,两膝发软,站不起来了,姑娘上前扶起他慢慢地向帐篷走去。

临近帐篷时,姑娘把希尔交给一个仆人,自己赶紧跑到母亲跟前,告诉她沙漠里看见的事。

母亲责怪说:"那你怎么一个人跑回来了? 赶紧叫人去把他接回来。"

姑娘说:"妈妈,我已经扶他回来了,刚交给仆人,就要过来了。"

不一会儿,希尔被带进了帐篷。母女俩拿来软乎乎的枕头让他靠着,端来水、稀粥和烤肉放在桌子上。希尔吃了点东西,心情稍微平静下来。她们给他洗了手和脸,用薄布包裹血迹斑斑的双眼,然后让他躺下休息。

谁也不知道这个陌生青年的经历,这当儿谁也没来得及问他。但淳朴善良的天性却使母女俩对这个不幸的年轻人充满同情和怜悯。

由于疲劳和虚弱,希尔昏昏沉沉,一直睡到天黑。

晚上,族长率领大家放牧回来,看见家中有客人感到很高兴,但他见了希尔的样子吃了一惊,女儿把白天的事叙述了一遍。

族长看到希尔的眼睛,伤口是新的,便问道:"你这是怎么了?"

希尔不想说出他的那个同乡的恶行,只是说:"我的故事很长,我一个人旅行被一帮盗贼盯上了,我想跟他们拼,但由于饥渴浑身乏力,他们抢走我的包裹,弄瞎了我的眼睛。"

族长沉思了一会儿又问:

"你叫什么名字?"

"希尔。"

"好,我希望结果会像你的名字一样(注:'希尔'一词意为'善')。在这片荒原上长着一种树,我们管它叫'药树',摘下几片叶子制成膏药可以治眼伤,你会重见光明的。"

过了一会儿,他又说:

"要不是天黑路远,我又十分劳累,现在就可以去摘药树叶。这树长在井边,是棵老树,枝叶繁茂,有两个分杈,一个树杈的叶子可以治眼病,另一个树杈的叶子可治羊痫风,明天我就去。"

"爸爸,今天能摘来就别推到明天。客人在受痛苦折磨,我们怎么能忍心看着?再远的路有了坚强毅力也会变近,多黑的夜有了友爱的光也会变亮。您的劳累不会比这年轻人的眼痛更难忍受，新伤应尽快敷药啊。您要是不去，我去，沙漠的女儿不怕黑。"

女儿的恳求激起了父亲的善心，他滴水未沾，粒米未进，站起来说：

"做女儿的这样仗义，当父亲的不能做孬种。"他拿起一个口袋就往外走。

一个小时过去了，族长拎着袋子回家了。姑娘把叶子倒出来，捣烂，加入少量水放在火炉上煮了一会儿，待叶子变软，滴上几滴油，搅匀制成膏药，敷在希尔眼上，然后用干净的纱布包扎好，让他坐一小时后再睡。

纱布一直包扎了五天，姑娘一直照料着希尔。

第六天，姑娘解开纱布，取下膏药，希尔睁开眼睛，第一次看见了自己的救命恩人，他跪在地上感谢真主，祈求真主赐福他们全家。

一家人非常高兴，其中最高兴的要数女儿，在这世界上，有什么事情能比把一个人从死亡边缘和失明中救出来更令人欣慰呢？

刚开始希尔还担心膏药的效力，他问："大叔，您从哪儿知道这树叶有如此神效？"

"从哪儿？老百姓的经验啊。我们祖祖辈辈生活在荒郊野外，要是我们不懂植物的习性，谁还能懂？城里人生病了买药看医生，对主的这些恩赐不留意。其实除了死亡本身，别的病都有药可救。

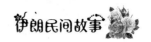

在这沙漠里、荒野外,到处都有草药,只是有很多草药的药效我们还不知道。这药树叶的作用我也是从父亲那儿听说的,我父亲又是从他父亲那儿听到的,我很高兴这膏药对你很有效。"

从那天起,希尔就发誓要报答族长一家人的恩情。从此他就和族长一家生活在一起。他们一同去干活,在同一张桌子上吃饭,每天一大早随同族长和其他族人一起去草地上放牧,相处得一天比一天亲。

人们一起生活久了,心底的秘密也就无须隐藏。慢慢地,希尔把他的旅途经历都告诉了族长一家。

族长大叔经过一段时间的观察,发现了希尔的种种美德,就更喜欢他了。整个部落的人听说了希尔的经历,也都对他更亲切、更关爱了。

但是,现在有一件事折磨着希尔。

希尔被族长女儿的容貌和品性深深吸引了。她的一言一行、一颦一笑无时无刻不打动着他的心,以至于他每天不敢正眼看她。他想,没有哪种幸福能与拥有这位姑娘相比的了,可是这不可能,自己穷困潦倒,一无所有,而这位姑娘长在富贵人家,又风姿绰约,仪态万千,打着灯笼都找不到的。既然这是不可能的,那就最好不要说出口,以免她父母不高兴,即便他们不反对,亲友们的责怪也会使他们烦恼。

希尔任何时候也不会因欲望而丧失理智,他认为过于疯狂的爱情是一种病态,自己决不能陷入对这姑娘的爱情而不能自拔,只有离开她,把命运引向别处,才能减轻相思之苦。

一天晚上,希尔对族长大叔说:

"我想跟您谈点事,这件事我想了很久,它一直令我不安。"

"有什么话尽管说,孩子,你说什么都行。"

"我的第二次生命是您给的,您一家把我从流浪和失明中救出来,大恩不言谢,我会一辈子记着的。我知道您很好客,但是我离开家这么久了,思念故乡和亲人,他们一直没有我的消息,不知道我到了哪里,不知道我的生死,我想回去看看他们。在这儿我过得非常愉快,但是对他们的牵挂又使我觉得孤单。我想请求您允许我回家看望他们。我希望在这儿待的这一段时间您能对我满意。我不能再留下去了,请您原谅我,我还没来得及报答您的大恩就离开。我听您的吩咐。"

族长大叔一家得知希尔要走都很难过。大叔沉默了一会儿,让妻子和女儿先出去,然后对希尔说:

"亲爱的孩子,你按自己的意愿去做,权利在你自己手里,我没有什么话可说。只是我不明白是什么使你想家呢?你回自己的城市去,会不会受另一个像夏尔那样的同乡欺负呢?是不是这儿少了什么?你说你孤单,我能理解你,你在异国他乡肯定会有这种感觉,但这也有办法弥补,你在这儿想要什么都可以得到满足,除非你自己把自己当作外人,当作客人。我觉得你跟我们还见外,但如果你能和我家紧密联系在一起就不会了。你知道我女儿是个好姑娘,心地纯洁,聪明贤惠。虽然不如城里姑娘打扮得漂亮,但是光有漂亮没什么用,也不会长久。我只有这么一个女儿,爱她胜过自己的生命,我看她也挺喜欢你。如果你同意,我愿意把她许配给你,这样你住在我家也就像在自己家里。你看还有什么要说的?"

希尔喜极而泣,激动得泪水夺眶而出,他说:"亲爱的大叔,啊,爸爸,祝您长命百岁! 您把我的心里话都说了,我的心思瞒不过您,您的女儿一直就是我梦寐以求的,可是我一直不敢说,我觉得我不配。在这世上我一无所有,要是这有可能,您就是又给了我新的生命,给了我一双眼睛,如今又给了我终生幸福。"

"明早我对女儿讲,事情就定了。"

第二天,父亲把这件事告诉了女儿。她激动得流下了眼泪,亲吻着父亲的手,一句话也说不出来。

当天,库尔德人部落沉浸在喜庆的气氛中,族长按照库尔德人的习俗为女儿举办了婚礼,然后宣布把家产都交给希尔。

希尔这个曾经连眼睛都失去了的人,如今又重新拥有了一切,他和自己的妻子恩恩爱爱,生活在库尔德人部落里。

一个礼拜以后,这支库尔德人部落决定迁移到别处。当大家都忙着拆卸帐篷,赶着牲畜准备出发时,希尔想起了那棵药树,他的眼睛是靠这药树叶治好的,他应该去摘上一些带走,以便将来帮助那些眼睛失明的人,这是主的恩赐,应该用善行来表达对真主的感谢。于是他急忙赶到井边，采了两口袋药树叶回来。

就这样，他们四处为家，夏天迁移到气候凉爽的牧场，冬天赶往阳光温暖的营地。一天，他们来到了一个大城市，在郊区搭了帐篷。希尔便进城去买东西。

在城里，希尔听说这个城堡的国王有个女儿，多年患有羊痫风病，所有御医都束手无策。希尔又听说很多医生都自荐来给公主看病，但都失望而归。最后国王只好发布了一道命令：要是有谁能治好公主的病，就把公主许配给他，招为驸马；要是谁滥竽充数，来了治不好病，就将受到严惩。国王发布命令后，果然有几位医生遭到国王怒斥，被鞭笞出宫，结果再也没有医生敢进宫给公主治病了。公主的病始终没有治好，国王为此非常忧郁。

希尔听城里人这样议论，便说："我能治好公主的病。"

"别说大话，当心丢了脑袋，多少名医都无能为力。"城里人说。

"这事只有我能办到，你们谁能帮我捎信给国王？"

但是，城里人都不敢去报信，希尔只好派一个乡下老人给国王送信，信上说：

"尊敬的国王陛下，我是一个外乡人，今天第一次来到贵城，听说了公主的病情，我可以治好她的病，如果您允许，我就来给公主治病。要是治好了，我不要任何报酬；要是没有治好，您可以随便处罚。"

希尔被带进了王宫。国王对他的神态举止默默称道。当知道他的名字叫希尔时，国王很高兴，说道："希望你的行动也能有善果。"

然后国王派人领他去公主的闺房。

希尔进去看见一位美丽然而非常虚弱的姑娘，由于头疼而不断呻吟。据服侍公主的人说，比癫痫本身更糟的是，公主每次病情发作后都一连几天失眠，失眠又引起头疼，头疼就更不能入睡，结果导致她如此消瘦、憔悴。

希尔很有把握地说："我能治好公主的病。"

他吩咐她们准备火，拿来一壶水和一些糖。他从口袋里取出一把药树叶，放入水中煮开，加糖熬成浆，稍冷后舀了一碗端给公主。

公主喝完糖浆，没多久头痛就减轻了，她靠着枕头平静地入睡了。在场的人对希尔啧啧称奇，说很久没见公主这么安稳地睡着过。希尔叮嘱她们不要叫醒公主，等她自己醒来，如果还头疼就通知他。他留下住址后就回家了。

公主这一觉睡得很香，醒来后不但不觉得头疼，而且有了食欲。

有人马上去向国王报告这个好消息，国王很高兴，他感谢真主派希尔来救了他的女儿，治好了他的心病。他上朝时把这个好消息告诉了众大臣。

有一个大臣的女儿长期患眼病，双目快要失明了。大臣想，这个人或许也能够治好我女儿的病。他从公主那儿得到希尔的住址，便找上门来，请他去看病，并且许诺说，如果治好病就可以娶自己的女儿。希尔答应了大臣的请求，准备过几天到他家去。

公主从侍女那儿听到自己生病的这些日子里发生的事，就去跟父亲说：

"父亲，我听说您为治好女儿的病下了一道命令，定了条件，有几个人因此而受惩罚。现在希尔治好了我的病，您的承诺应该兑现。这样老百姓会知道他们的国王是公正的，而不会说您不守诺言。"

国王点头称是，马上派人去找希尔。当时希尔正在大臣家里，刚刚治好大臣女儿的眼睛，全家人高兴得不得了。

使者宣希尔进宫，大臣也随同前行，他想跟国王讲讲他女儿的事。

国王见到希尔说：

"好样的青年人，我为了治好女儿的病定了条件，很多人为此受到处罚，只有你有权得到报答。你先前说不要报酬，完全是看在真主的分上，但是我必须信守诺言，我女儿也愿意感恩，现在你有什么话要说吗？"

大臣也说道：

"希尔也治好了我女儿的病，我也答应给他同样的报答。"

希尔回答说："非常感激您，国王陛下。我的名字的意思是'善'，我要做的只能是善行。您的条件我知道，大臣的许诺我也听见了，但是我这是在还债，因为从前我也是个双目失明的人，别人用这药树叶救了我，没有要任何报酬，你们今天要把女儿许配给我，我不知道怎么说好，事实上我的救命恩人正是我的妻子，除了她我不会再娶别人。"

国王说："好一个善良的年轻人！但是我要遵守诺言，大臣也要报答你的好处，你没有权利拒绝我们的好意，你要么做驸马，要么你得说出让我们如何遵守信用。我把我女儿的权利交给你，你说什么我都答应。"

大臣也说："请你给我女儿治病的那天我已经许下诺言，今天就要兑现，你应该成全我们。"

希尔说："这样吧，我想跟两位姑娘见面谈谈，然后再说我的要求。"

当希尔单独跟公主和大臣的女儿在一起时，他把自己如何被人弄瞎眼睛，如何复明以及现在的生活和对妻子的爱情对她俩讲了，然后说：

"妻子将是我终生唯一的爱人，我相信你们也自有心上人，请告诉我他们的名字，今天就可以实现你们的愿望。"

两位姑娘说出了自己喜欢的青年人的名字。

希尔又来到国王面前说：

"你们说过要把两位姑娘的权利交给我。"

国王和大臣说：

"对，我们说过，说话算数。"

"那好，现在我决定把两位姑娘许配给她们的心上人，他们的名字我已写在这张纸上。"

"好吧！"国王和大臣接过去一看，当即表示遵守他们的诺言。

当天，两位姑娘便和她们心爱的人结了婚。

国王又对希尔说：

"国家需要你这样忠诚善良、心地纯洁的优秀人才，我想请你当我的顾问。"

"我不能拒绝陛下的好意。"

国王和众大臣都很高兴，从此以后，希尔就留在那个城市，为朝廷进谏献策。族长一家也进城和他住在一起，日子过得幸福美满。

希尔对国王讲了夏尔的事和自己的经历。有一天，希尔陪同国王和大臣去城外猎场，凑巧碰见了夏尔。他派人跟踪夏尔，找到他后告诉他说，国王请他第二天进宫。

第二天夏尔穿戴整齐来到王宫，毕恭毕敬站在一旁听令。希尔当着国王和众大臣的面对夏尔说：

"来人上前，说出你的姓名和职业。"

"我叫莫夏尔·沙发里，做买卖的。"

"说谎！报上你的真名。"

"我没有别的名字。"

"你还敢隐藏真名,想逃脱惩罚吗？我认得你,你叫夏尔(注:'夏尔'一词意为'恶')。你还记得那年在沙漠里发生的事吗？你从别人身上拿走的两颗宝石干吗用啦？"

夏尔听见这话惊恐万分,浑身发抖。他不敢抬起头来,不由自主地说道:

"是的,我是夏尔。但是宝石是希尔送给我的,我一直妥善保存着,现在就在我的口袋里,有一天我会交还给他的。我没做坏事,希尔在说谎,我不知道他眼睛瞎了,是他自己要和我分开,扔下我走了,我没有他的消息,后来一直没见过他。"

"你这恶棍,张嘴就撒谎,你好好看看你在跟谁说话!"

夏尔定睛一看,认出了希尔,吓得顿时瘫倒在地上。

"哎呀,希尔,你饶了我吧。我干了坏事,今天才明白过来。我真是个恶棍,后来也曾忏悔过,为此改了名字。希尔,你应该杀了我,但是求你别杀我,我不再干坏事了,宽恕我吧,我也是个不幸的人。"

"是的,我能杀了你,但是不杀你,我可以惩罚你,但是我放你走。我饶了你,但你的恶行却饶不了你,它将折磨你直到生命结束。到生命的最后一刻,你会真正愧疚的。我只想让你明白这一点,给你一个教训。我不想再见到你,你最好离开这个城市,滚得远远的。"

夏尔满脸愧色,恐惧战栗地走出王宫。希尔只想提醒他明白以前的恶行,并没有打算惩罚他。但是在场的一个库尔德人怒不可遏,他跟随在夏尔身后走到城外,把他痛打了一顿,然后从他口袋里取出两颗宝石,拿回来交给希尔说:

"希尔,我想让这两颗宝石物归原主,你当作纪念保存起来。夏尔受到了应有的惩处。"

希尔拿起宝石,瞧了瞧说:

"是的,现在总算物归原主了,但是任何价值连城的宝石都比不上善行美德的可贵。我现在有很多珠宝,就把这两颗宝石送给你了。我既然饶恕了夏尔,也该原谅你。希尔的生活准则是:严于律己,善待别人。"

数百年过去了,希尔和夏尔的故事一直流传至今。

风　暴　鸟

从前,有个叫尤瑟夫的男子,从年轻时就拼命地挣钱,不几年就发了财,成了全城的首富。但是,巨大的财富并没有为他带来舒适安宁,反而增添了无尽的烦恼。因为他没有明确的奋斗目标,不知道挣那么多钱干什么用,更不知道怎样更好地去安排生活。

尤瑟夫惶惶不可终日。无奈他决定背上行囊出去旅行,向世人学习愉快生活的窍门。于是,他带上一大包金银财宝,骑上快马,朝着荒漠的方向奔去。

长途跋涉,历尽千辛万苦,他终于来到一个咖啡馆。他为旅途中能找到一个暂时休息的地方而高兴不已,便从马上下来,将马拴在树上,进了咖啡馆。

他坐下来刚喝了一杯茶,旅途的疲劳还未缓解,外面就传来一阵喧嚣嘈杂声,所有人都惊恐万状地从咖啡馆里往外跑。尤瑟夫不由自主地也跟着跑了出去。他惊奇地看见所有的动物都朝着有人烟的地方奔来,一股高耸入云的龙卷风紧跟在它们后面。龙卷风所过之处,人畜、树木、房屋都被横扫一空,荡然无存。

在一片惊慌混乱中,尤瑟夫听到人们恐惧而颤抖地喊道:"风暴鸟!风暴鸟!"

尤瑟夫不明究竟地向身边的一位老人问道:"老人家,这是怎么回事?"

老人惊慌失措,语无伦次地说:"真主快来救救我们吧!这家伙残暴极了,对谁都不手软。"

风暴鸟一步步地逼近,很快来到咖啡馆。

尤瑟夫这次外出旅行,原本只是想学习一些愉快生活的方法,别无其他企求,更不想为此而送命。他急忙跑到风暴鸟面前,高举双手,十分虔诚地哀求道:"行行好,饶了我吧!你想要什么我就给你什么。我已将自己随身所带的全部财产都放在你脚下了,只求你网开一面,饶我一命。"

风暴鸟不屑地看了他一眼,狠狠地说道:"显然你是个贪生怕死的人,非常吝惜自己的生命。好吧,我只有一个条件,如果你同意,我就放过你,接受你的恳求。"

尤瑟夫战战兢兢地说:"不管你提什么条件,我都百分之百地接受。"

风暴鸟仍然十分冷酷地说道:"如果你想让我饶你一命,你必须同意任何时候都不能让你的儿子结婚,而你的家族从此以后就要绝后断根。如果你不信守诺言而毁约,你的儿子结婚那天,他将会暴病而亡,为此付出生命的代价。"

完全绝望、陷入窘困的尤瑟夫,除了想方设法保住性命,别的什么都顾不上了。他接受了这一残酷苛刻的条件。风暴鸟放了尤瑟夫,尖叫着向高空飞去,龙卷风也随之而去,周围恢复了平静。

尤瑟夫结束旅行回来后,生活一直过得美满愉快。他将旅途中听到和见到的奇闻逸事一一讲给大家听,只是有关风暴鸟的事只字不提。不知是因为他与风暴鸟有约在先,还是因为他已将此事完全忘了。

斗转星移,一晃很多年过去了。尤瑟夫的儿子莫赫森已长成一个健壮英俊的小伙子,家里为他聘下的妻子是大户人家的女儿古勒加罕。由于双方家庭富有,地位显赫,婚礼举办得异常隆重盛大,一直持续了三十天。第三十一天的夜晚,到了该由毛拉①宣读婚约的时候,鼓乐声戛然而止,宾客们停止了歌舞,四周一片寂静,只剩下夜莺扯着优美的嗓子在歌唱。就在这时,突然传来一个可怕的声音。

尤瑟夫清楚地知道大祸临头,这令人毛骨悚然的怪叫声,预示着风暴鸟即将到来。他吓得胆战心惊,浑身发抖。不一会儿,果然风暴鸟从天而降,落在院子当中。

那些被惊骇得魂不附体、怔住不动的宾客,看到狰狞的风暴鸟

---

① 毛拉:对穆斯林学者的尊称,有时也称"阿訇"。

身体一半像驴,另一半像怪鸟,长长的尖嘴,手呈巨大的蹼形。

风暴鸟凶残无情地厉声喊道:"尤瑟夫,你失信了,你忘了你的承诺!我讨你儿子的命来了。"

宾客们都为莫赫森感到伤心不已,大家泪流满面,痛苦地哀求着风暴鸟发发慈悲,饶莫赫森一命。

风暴鸟稍加考虑后,冷冰冰地说道:"好吧!看在客人们的面子上,可由他的亲属来代他一死。"

第一个站出来的人是尤瑟夫。他毫不犹豫地说:"来吧,就要我的命吧!我儿子的命说什么也不能丢。"

风暴鸟立即无情地用它那可怕的翅膀夹住他,紧紧地压在他身上,用尖嘴对他的心脏狠狠地啄了两下。

尤瑟夫痛得忍不住了,开始惊叫和呻吟,要求放了他。

第二个自告奋勇替莫赫森去死的人,是他年迈的祖母,她颤抖着走到风暴鸟面前,悲痛欲绝地说道:"我无法眼睁睁地看着我心爱的孙子死去。"

可是,当风暴鸟把她夹在双翅中间,用它那令人恐惧的尖嘴去啄她的心脏时,她也忍受不了这一胜过酷刑的痛苦,恳请放了她。

接着,所有的亲朋好友都挨个依次上前,试图代替莫赫森偿命。但是,谁也经不住这难以忍受的痛苦,甚至深深爱着莫赫森的古勒加罕,也忍受不了这一残酷的折磨。

风暴鸟既不因新娘的年轻美貌,也不因新郎的少年有为而宽

恕怜悯他们,就此罢休。

　　新郎莫赫森此时早已吓得面如土色,浑身哆嗦地呆立在那儿。尽管他不想死,但迫于无奈,他不得不抬起高傲的头,豪迈悲壮地向风暴鸟走去。

　　风暴鸟被莫赫森这一突如其来的无畏雄姿震住了,竟莫名其妙地尖叫了一声,但顷刻间,它就回过神来,凶相毕露地瞪着血红的双眼,展开了双翅。就在这时,一个长辫垂地、有着一双漂亮的大眼睛,满含悲愤的眼泪的姑娘,突然从远处奔来。她急不可待地喊道:"等一下!"随后不顾一切地冲到了风暴鸟的面前。

　　这姑娘穿着一件旧衣服,但即使是这样一件褪了色的旧衣服,也丝毫没有影响她的天生丽质。大家不由自主地从内心发出了哀叹。

　　风暴鸟惊讶地问道:"你是谁?你想干什么?"

　　姑娘沉着镇静地答道:"我叫扎里菲,是尤瑟夫的女仆。我和莫赫森是青梅竹马,一起长大,从孩提时起我们就彼此相爱,直到被无情地分开。现在如果你要了他的命,我也将为他殉情而死。来吧,就由我来偿命吧。"

　　残忍的风暴鸟仍然冷酷地说道:"既然你自愿代替莫赫森去死,那就不要怨我残忍无情了。"话一说完,它就用两个大翅膀将她夹在中间,依然用它那尖嘴去狠啄她的心脏。扎里菲痛得死去活来,不停地扭动自己的身体,其惨状令人不忍目睹。但是,她没有哭泣，也没有呻吟，更没有乞求放了她。

　　风暴鸟把她压得更紧，再一次向她的心脏狠狠地啄去，扎里菲凄惨地呻吟一声，就硬挺住了，仍不乞求。风暴鸟竭尽全力压住她，第三次向她的心脏更加凶猛地啄去，年轻的姑娘尽管痛得大汗淋漓，全身的衣裤都湿透了，可还是顽强地坚持着，没有求饶。

　　这时，风暴鸟愤怒得差点顺不过气来，它抬起了自己那强有力的翅膀，声嘶力竭、无可奈何地说道："在这个世界上，从来没有任何一个人能够经受得住我三次攻击。唉，姑娘！你心里有一股难以抵御的力量，它将我击败了。这股强大的不可摧毁的力量来源于伟大、神圣的爱情，即使是可怕的死亡，也无法与其抗衡。"说完这一席话，风暴鸟就消失了，从此以后再也没有光顾过此地。

　　这件意外之事发生后，莫赫森恍然大悟，他能幸运地躲过此次浩劫，死里逃生，不在于家庭的财富和古勒加罕的美丽动人，而是扎里菲用自我牺牲和坚贞不屈的爱情换取来的。于是，他不顾一切地与扎里菲牵起手，同她结为夫妻，幸福美满地度过了一生。

　　许多年过去了，每当莫赫森和扎里菲结婚的那天、那时辰，仍然是在那花园里，总有一只夜莺用优美的歌喉，为伟大而神圣的爱情而歌唱……

七弟兄的故事

从前,有一个妇人,她有七个儿子,整日为没有女儿发愁。过了一段时间,妇人又怀孕了,到了快要分娩的时候,男孩们众口一词地对母亲说:"亲爱的妈妈,我们去打猎。如果您生了女孩,请在门口挂一个箩筛子,我们就会马上回来;如果您又生了男孩,请在门口挂支猎枪,我们就不想回来了。因为没有妹妹,我们实在难以在这个家待下去,终日听您唉声叹气。"男孩子们说完,就告别母亲离开了家。

没过多久,妇人称心如意地生了一个女孩,她高兴极了。为了尽快将喜讯告知儿子们,在产后尚需卧床休息不便行走时,她只好向娘家兄弟媳妇请求帮助,对她说道:"麻烦你在我家门口挂个箩筛,我的儿子们见了,马上就会回来。"

再说她兄弟媳妇,由于她自己没有孩子,嫉妒得很,便没有按她说的挂个箩筛,而是昧心地挂了支猎枪。

男孩们回来看到门上挂的是猎枪,无不感到大失所望,转身一起向荒漠深处走去，再也没有回家。

光阴似箭，一晃几年过去了，女孩子已渐渐长大。一天，她和小伙伴玩游戏，当各自想让对方相信自己说的话时，得先起誓。伙伴们的誓言都是："以我兄弟的生命起誓，我说的是真的。"轮到她时，她想，我又没有兄弟，我以什么起誓她们才能相信呢？她只好说："以我家的牛起誓，我说的是真的。"

小伙伴们不解地问道："为什么不以你的七个兄长起誓呢？"

女孩惊诧得很，急忙分辩说："我哪有哥哥？"

小伙伴们一致反驳说："你骗人，你明明有七个兄长，却用你家的牛起誓糊弄我们，妄想让我们相信你的话，哪有这样的事！"

女孩被嘲笑得哭起来，急匆匆地跑回家，泪流满面地扑在母亲怀里，十分伤心地说道："同伴们戏弄我，她们胡说我有七个哥哥。"

母亲迟疑了片刻，认为女儿已经长大了，不应该再对她隐瞒了，就以一种歉疚的口气说道："我的乖女儿呀，她们说的是真的，你的确有七个哥哥。"

女儿听母亲如此一说，不禁一怔，很不满意地问道："那您为什么从来没有对我提起过呢？"

母亲满怀深情地安慰说："我是不想让你伤心。因为在你来到这个世界的前几天，他们就一起离家远走高飞了，再也没有回来过。"

这时,女孩毅然决然地说:"我要立即去找他们。"说完,她也不管母亲如何劝阻,就头也不回地离开家,去寻找哥哥去了。她漫无目地走呀,走呀,踏遍了千山万水和茫茫沙漠。一日,走到一户人家门口,女孩连连敲门也无人回答。最后,她只得不客气地将门推开,一看,家里空无一人。

女孩也不管主人是谁,就自行将房子收拾好,打扫干净,并做好饭,然后就躲在一个角落里,等着主人回来。没过多久,七个男人走进了家门。当他们看到香味扑鼻的饭菜做好了,屋里被收拾得整整齐齐时,不觉大吃一惊,这是怎么回事呢?

一连几天,女孩都把各项家务做得井井有条,但一直躲在暗处不露面。小伙子们实在不想再等下去了,于是决定留下一人在家,躲藏起来,看看到底是谁干的这些事情。

那天,留下的人躲了起来。女孩子习惯地从藏身的地方出来,先打扫屋子,然后把饭做上,又出去打水。正当她高高兴兴地干着活时,那个小伙子突然蹦了出来,猝不及防地一把将女孩抓住,问道:"你是谁?从哪儿来的?"

女孩子毫无惧色,镇定地答道:"我的七个哥哥离家出走了,我正在寻找他们。"

小伙子急忙追问道:"你的七个哥哥是什么时候离家出走的?"

女孩子不慌不忙地说:"我出生之后他们就没有回家。"

小伙子高兴地跳起来，说道："如果没有搞错的话，你就是我未曾见过面的妹妹。你就在这儿等着，我去通知兄弟们。"不久，七兄弟都回来了。为了将情况核实清楚，不至于认错了亲，闹出笑话，他们又进一步询问女孩："你的兄长为什么要离家出走呢？"

于是，女孩就将母亲告诉她的事从头至尾详详细细地向他们讲了一遍。

兄弟们听了女孩的诉说后，喜出望外，激动不已，都争着亲吻自己的妹妹。可是，他们担心盼望已久的妹妹得而复失，郑重其事地对她说："你先在这儿待一段时间，看真主还有什么安排。"

再说他们的舅妈昧着良心干了坏事，自认为她的阴谋已经得逞，愈加得意忘形，不可一世。一天晚上，她竟然厚颜无耻地向月亮问道："喂，你说咱俩谁漂亮？"

月亮毫不客气，当即向她大泼冷水，讥讽地说道："不要恬不知耻，自以为是，咱俩谁也比不上七兄弟的妹妹漂亮。"

舅妈不以为然，暗自想道："那七兄弟滚开后，别提我有多高兴了，现在那女孩又远走他乡寻找他们去了，老天真是帮了我的大忙。不过，我无论如何得找到她，给她点厉害，不要让月亮再在我的面前提到她的名字，炫耀她的美貌。"于是，她开始到处去寻找女孩。不久，她终于找到了兄妹们暂时栖息的家。女孩在异乡突然见到自己的舅妈非常高兴，就把她请进屋里。

那婆娘心怀诡计，刚一进门还未坐定，就急忙说："外甥女，我

渴死了,快拿点水给我喝。"

女孩子立即取来水,舅妈只喝了几口,就装作关心的样子,推让道:"你也喝点儿吧。"

女孩子回答说:"谢谢您,我不渴。"

那婆娘为了达到不可告人的目的,哪里肯轻易放过这个机会?于是又假惺惺地劝道:"别跟我客气了,多少还是喝点吧。"

女孩子难却舅妈的情意,接过水碗喝了几口。她哪知舅妈早已趁她不注意,偷偷地在水里放了一枚戒指,女孩子喝下去就命归黄泉了。

那婆娘害死女孩后,高兴得自言自语:"现在我可是心满意足,轻松愉快了。"她庆幸无人看见,当即拔腿溜掉了。

当兄弟们回来看到他们的妹妹死在地上时,悲痛欲绝,大哭不止。他们不忍心将她就此草草下葬,经过一番商量,决定做一个很大的箱子将她装进去,在箱子一端装上金子,另一端装上银子,关好箱盖把它捆在骆驼背上,将骆驼放于沙漠,让它自由地去寻找安乐之土。

碰巧那天国王的儿子去狩猎,看见一只骆驼背上驮着一个箱子,在沙漠中自由溜达。王子感到很奇怪,就将骆驼带回了王宫,令人把箱子放下来。打开箱盖一看,王子惊骇得目瞪口呆,箱子里怎么装着一具漂亮姑娘的尸体呢!少顷,王子令几个女仆将姑娘身子冲洗干净,重新用白布裹好再正式下葬。这时,站在旁边的一个男孩突然对女仆说："你们靠边点儿!"然后把手伸进姑娘嘴里，取出一枚戒指来。姑娘立即动了一下，接着慢慢地睁开了双眼，不久又坐了起来。

女仆见状惊奇得不知如何是好，急忙去报告王子："请您看看，那姑娘神奇地复活了!"王子马上赶来，看到一位美如月亮的姑娘坐在一堆金银之中。王子询问姑娘的经历，她将事情的来龙去脉毫无保留地告诉了王子。

王子听后问道："你愿意做我的妻子吗?"

姑娘羞涩地点了点头。接着，她要求王子把母亲和兄长请来，王子欣然答应。王子和姑娘的婚礼异常隆重热烈，一直持续了七天七夜。

去把自己的"好运"叫醒

有兄弟两人从父亲那里继承了一大笔遗产,弟弟开始过起花天酒地的奢侈生活,没过多久就把自己所得的那份遗产挥霍干净,最后竟穷得连自己的肚子也填不饱。没办法,他只好去求哥哥说:"我很后悔当初没有听从你的劝告好好过日子,现在坐吃山空,连锅盖也揭不开了。求你看在兄弟情分上帮我一把,要不然我非饿死不可。"

哥哥说:"虽然我知道你有了钱还会去挥霍浪费,我帮你也没用,不过我既然是你哥哥,就不能看着你挨饿不管。这样吧,你到郊外去找那个放牧的年轻人,他看管着我的所有牲畜,你去向他要十头母羊和五头母牛,就说是我的吩咐。以后你就靠这些牛和羊好好度日吧!"

弟弟道了谢,就径直到郊外去找那个牧人,说明了自己的来意。

牧人说:"我不能把这些牛和羊给你。"

弟弟生气地问道:"为什么? 你竟敢不听我哥哥的吩咐!"

牧人说:"我是你哥哥的'好运',他现在拥有的一切都是由于我的佑护才获得的。你要是想跟他一样,就得去把自己的'好运'叫醒。"

弟弟说:"我怎么知道我的'好运'在哪儿呢?"

牧人举手指了指遥远的原野尽头,说:"你的'好运'在那边的一块巨石下睡着了,你得去那里把他叫醒。"

弟弟听后高兴地上路了。没走多久,他碰见了一头狮子,那狮子正难受得直叫唤,见了他,就问道:"年轻人,你要去哪里?"弟弟说:"我要去叫醒我的'好运'。"狮子说:"看在真主的分上,你要是见到了你的'好运',替我问个好,告诉他我头疼得要死了,不知他有什么药能治好我的病。"弟弟说:"好吧!"

继续走了没多久,他又碰见了一匹马,那匹马正在吃草,见了他问道:"年轻人,你要去哪里?"弟弟说:"我要去叫醒我的'好运'。"马说:"看在真主的分上,你要是见到了你的'好运',替我问个好,告诉他我很久以来一直在这片草场上吃草,可是不管我怎么吃也没用,总是一天比一天消瘦,不知他有什么药能治我的病。"弟弟说:"好吧!"

他又继续往前走,没多久又碰见了一棵小树,小树长在一眼清澈透亮的泉水边,见了他就问道:"年轻人,你要去哪里?"弟弟说:"我要去叫醒我的'好运'。"小树说:"看在真主的分上,你要是见到了你的'好运',替我问个好,告诉他我长在这眼泉水边好长一段日子了,尽管这里土很肥,水很甜,可是我却总也长不大,不知他有什么药能治我的病。"弟弟说:"好吧!"

他往前走呀走,终于走到了原野的尽头,在一块巨石下看见一个美貌少年正在睡觉。他走上前去,用脚尖踢了少年一下,叫道:"别睡了,快给我起来!"

少年从梦中醒来,问道:"你是谁?"

弟弟说:"我从原野那边的城里来。你难道不是我的'好运'吗?怎么不认识我?"

少年说:"噢,对了,我是你的好运。你有什么愿望?"

弟弟说:"你到现在才想起问我有什么愿望!你先说说看,你为什么睡了这么久?"

少年说:"我是睡了很长时间,不过现在我可醒了,告诉我你想要些什么。"

弟弟说:"我也不过就是想要一件体面的工作做一做,有足够的银两花一花罢了。你怎么能看着我落到这么穷困潦倒的地步不管,自己却躺在一边睡大觉呢?"

少年说:"好,现在我既然已经醒了,你的愿望就可以实现了。你回城里去吧!"

弟弟说:"我在路上还遇见了一头狮子、一匹马和一棵小树,它们都向你问好。"他把它们的话一一转告给少年。

少年说:"你把我的问候也捎给它们。你告诉小树,在它的树根下埋着很多金子,影响了它的生长,所以它总也长不大,只要把金子从树下挖出来,它就能很快长得又高又粗了;你告诉那匹马,光吃草是不够的,它若想长膘,必须让一个骑手每天骑着它跑上几个小时,那样的话,不用多久它就会变得又肥又壮;你再告诉狮子,若想治它的头疼病,必须找到一个傻瓜,把傻瓜的脑子吃下去,它的头疼病就能治好。"

弟弟很高兴地告别少年,走向回家的路。没走多久就看见了小树,他把少年的话告诉了它,小树说:"哎,好心的年轻人,我自己没法把金子挖出来,请你帮个忙挖出金子来带走吧!"弟弟说:"嘿,你以为我闲着没事干吗?我刚把我的'好运'叫醒,他会帮我实现所有的愿望,我还用得着费力气把这些金子挖出来带回家去吗?"

他继续往前走,没走多久又看见了那匹瘦马,他把少年的话转告给它,马说:"哎,好心的年轻人,你是走路来的,前面还有很长的路才能到家,你就骑上我赶路回家吧。我愿意每天都驮着你四处奔跑,晚上自己到这片草场来吃草,清早再回到你身边任你驱驰,这样我既可以变得又肥又壮,你也可以有一匹好马供差遣,还不费一点儿饲料。"弟弟说:"嘿,你以为我闲着没事干吗?我刚叫醒了我的'好运',他会帮我实现所有的愿望,我还用得着辛辛苦苦地骑马奔波吗?"

他又继续往回家的方向走，没过多久又看见了狮子，狮子还是头疼得直叫唤。弟弟对它说："喂，狮子，我的'好运'说，治你的头疼病的药方是一个傻瓜的脑子。"

狮子说："告诉我，你是怎么找到你的'好运'的？你一路上还看见了什么？"

弟弟把自己的所见所闻，包括那匹马和那棵树的事都绘声绘色地讲了一遍。

狮子听后想了想，对他说道："哎，年轻人，你自己说说看，一个人放着现成的金子不愿意去挖出来，有一匹好马白给他骑他却宁愿自己走路，世界上还有比这更傻的人吗？治我头疼病的药原来就是你的脑子，你这个傻瓜！"说完，狮子就向弟弟猛扑过来，扒出他的脑子吃了下去，治好了自己的头疼病。

金 丝 雀

好多好多年以前,有一对贫穷的老夫妇相依为命,住在一个破烂不堪的磨坊里。

多少年以来,老大爷一直靠捕捉和出售飞鸟为生。

有一天,他在收网时看见一只金丝雀落入网中。他正要抓住这只鸟把它放入笼中,那鸟突然开口说道:"喂,老人家,您行行好吧! 我家里有几个孩子,正等着我给它们带回食物呢。请您把我放了,我将竭尽全力来报答您,您想要什么,我就送给您什么。"

老大爷有些信不过,说:"啊! 金丝雀,我希望能离开这个破烂的磨坊,同妻子一起住进一座好房子里。你能办到吗?"

金丝雀十分肯定地回答说:"请相信我,只要您放了我,我一定会满足您的要求,让您的愿望很快实现。"

老大爷将信将疑,最后还是把金丝雀放了出来,让它飞回去哺育自己的儿女们。过了不久,金丝雀果真信守诺言又飞回来,将老夫妇带到森林边的一座极其漂亮的房子里。这房子里面生活用具

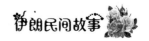

和衣物食品一应俱全。

金丝雀彬彬有礼地说:"老人家,这座房子和里面的全部东西,都归您所有了。您二老就在这儿好好生活,安度晚年吧。"接着,它从身上揪下一根羽毛交给老大爷,说:"什么时候有事找我,就将它烧掉,我马上就会飞来。"说完之后,它就拍打着翅膀飞走了。

老夫妇非常高兴,没想到晚年时来运转,过上如此幸福的生活,再也没有什么忧愁和烦恼了。他们每天早晨起床后一起出去散步,回来后在凉台上歇息一会儿,再生起茶炊,迎着朝阳,煮茶品茗;吃过早饭又出去观花赏草,四处游玩,与外界没有丝毫联系。就这样悠闲自得、轻松愉快地打发着日子,不觉一晃儿两三年过去了。一天,老太婆忽然心血来潮,有些不满现状地对老头子说:"我们如此孤独寂寞,无声无息地躲在这森林的一角生活着,什么时候才是尽头啊?"

老头子很不高兴地说道:"闭上你的嘴,别没良心,说这些忘本的话!难道你已经忘了我们在磨坊里度过的那种日子吗?那时,每逢下雨,就得用脸盆接水往外倒,我们连块坐的干地都找不到,你说那有多艰难啊!"

老太婆不以为然地反驳道:"你这样说就不对了,人总是要往高处走、朝前看的,尤其在生活上不能满足于现状。快叫金丝雀来想办法,为我们改善一下。否则,在这荒山野岭里长此生活下去,我将郁郁寡欢而死。"

老头子见妻子根本听不进他的劝说,只好拿来金丝雀留下的羽毛,将它点着烧掉。

金丝雀很快就出现在他们面前,十分热情地问道:"老人家,有什么事吗?"

老头子有些不好意思地说:"你去问那女人吧。"

老太婆毫不客气地开口说:"喂,金丝雀,我们在这儿过得很不舒服。乌鸦、喜鹊成了我们的密友,我们周围荒凉得连个可以打招呼的人都没有。快把我们带到城里去吧,好让我们在暮年也能过上与常人一样的热闹生活,学习点知识,免得别人问起我们什么都不知道,什么也不会干,在真主面前太丢面子了。"

金丝雀听了,十分冷静地说道:"老人家,这没有什么难的。这里你们就不用管了,跟我到别的地方去吧。"

金丝雀说完之后,就将他们夫妇带到了城里,给了他们一栋大房子,里面仍然是应有尽有。

老太婆一见这么好的条件,兴奋地对老头子说:"你看,还是我的主意对吧!人在生活上就是不能满足于现状,你总是不同意,还东找一个理由、西找一个借口来反对我。现在让你感到称心如意了吧!"

金丝雀对于老太婆说的话,好像什么都没有听见似的,仍然很有礼貌地问道:"老人家还有什么事需要我办吗?"

夫妇二人都满心欢喜地说:"谢谢了,给你添了不少麻烦,很过

意不去,祝你一路顺风,全家幸福平安。"

金丝雀又给他们留下了一根羽毛,就告辞了。

老两口开始了新的生活,家里一切都是现成的,无须他们更多地操劳。夫妇俩白天去逛大街,晚上四处串门做客,快乐无比地生活着。

又过了一两年,老太婆对现有的生活又不满足了,她对老头子说:"哎,现在金丝雀随时都能听候我们的吩咐,不管提出什么要求,它都是一切遵命照办,我们为什么不趁此时机再提出一些更高的要求呢?"

老头子这次更加不高兴地责骂道:"行了,别再给我找事了,你这不知好歹的死老太婆,没完没了地异想天开,早晚要遭报应,不会有好下场的。"

老太婆不仅一点都听不进去,反而更加气势汹汹地数落老头子懦弱无能,目光短浅,没有见过大世面,在生活上太容易满足了,让金丝雀随便糊弄两下就打发过去了。她越说越生气,最后竟怒不可遏地命令老头子说:"快去拿羽毛来,我把它烧掉! 我对这种生活已经厌倦透了,再也过不下去了!"

老头子一贯惧内,吵来吵去,家中的大小事还是都得听老太婆的。无奈,他只好又把金丝雀的羽毛烧了。

金丝雀很快又飞来了,仍然十分热情地问道:"老人家,又有什么事了?"

老头儿愧疚地说："不知道,你还是去问老太婆吧。"

老太婆仍然毫不客气地说道："哎！金丝雀,我们对目前的状况十分不满。"

金丝雀还是耐心地问道："你们又遇到什么困难了?"

老太婆厚着脸皮将她的奢望一股脑儿地抛了出来："我想让我的丈夫成为这里的君主,而我也就成为王后了。"

金丝雀一听,心里感到这老太婆太难伺候了,她的欲望真是永无止境。但是金丝雀表面上仍然保持常态,平静地说："原来是这样。好吧,请你们随我来吧。"金丝雀在天上飞着给他们带路,不久,就将他们带进了一座宏伟壮丽的宫殿,里面早已有大臣、司库、奴仆、行刑者等诸多官吏和杂役等候着,宫殿里各方面的条件都完备无缺。

金丝雀认真严肃地对老夫妇说道："从现在起这座城市就归你们掌管了,宫中的人员都听从你们使唤。如果没有别的事,我就告辞了。"然后又给他们留下一根羽毛飞走了。

老两口在统治这个城市期间,不管老百姓的死活,只顾自己穷奢极欲地享乐。就拿老太婆洗澡来说吧,她已奢侈讲究到不用水,而是用牛奶来洗,洗完后还要躺在阳光下让皮肤吸收奶液,让皱纹消失。

一天,老太婆洗完澡,正躺着美美地享受日光浴。这时一片浮云飘过来遮住了太阳。老太婆立即大怒,叫来丈夫,蛮横无理地责

问道:"老家伙,这片云为什么遮住了太阳?"

老头子没好气地说:"天有不测风云嘛! 我怎么知道?"

老太婆怒不可遏地喊道:"快去把羽毛拿来烧掉,我有事要找金丝雀。"

老头子略带嘲讽地问:"这次你又有什么奇妙高明的打算啊?"

老太婆更加怒气冲冲地骂道:"老头子,你还敢挖苦人! 不该你管的事,你就别过问! 快按我说的去办,耽误久了我的皮肤就不能变柔软了,你负得起这个责任吗?"

老头子只好又无可奈何地拿来羽毛烧掉了。

金丝雀又很快飞来了,像以往一样热情不减地问道:"老人家,你们这次又想要什么?"

老头子还是说不知道,让它去问老太婆。

老太婆余怒未消地埋怨道:"哎,金丝雀,我本来正在晒太阳,可这块该死的云飘过来,把太阳给挡住了,影响了我的日光浴。我想让你把掌管天地的大权也交给我,好让宇宙间的一切都听我指挥,由我主宰。"

金丝雀对老太婆的狂妄无理的要求和贪得无厌的野心反感透了,已经到了忍无可忍的地步。它认为如不惩罚她一下,她不知还会提出什么荒唐的要求来。但它表面上还是一点声色也不露,仍和前几次一样地说:"这儿你们就别管了,随我来吧。"

金丝雀在前面带路,他们俩跟在后面。当他们出城以后,那金丝雀突然不见了,天也一下子黑暗起来,一阵大风刮来,掀起了漫天尘土,霎时间什么都看不清了。

老两口只好手拉着手,相互搀扶,摸索着慢慢向前走去。他们万万没有想到,走着走着,又回到了以前生活过的那个磨坊。

老头子长叹一声,怨恨无比地对老太婆说:"你这个贪婪的老家伙!都是你闹的,遭报应了吧?你还不赶快去把脸盆找出来,把地上的水弄干净,让我能坐在地上休息一会儿,我真的快累死了。"

商人儿子的故事

过去，有一位富商，虽有万贯家财，但他的独生子很不成器，终日与一帮不三不四、游手好闲的酒肉朋友混在一起。虽然父亲苦口婆心地谆谆告诫他，千万不要和那些狐朋狗友交往，但是他总是置若罔闻，我行我素。

商人为儿子操碎了心，经常念叨说："我死之后，他非倾家荡产不可。"

一天，商人将一千个阿什拉菲金币藏在后屋的顶棚上，然后找来儿子语重心长地说："孩子，我死之后你如果遭到劫难，就拿上一条绳子去后屋，将绳子扔进房顶中间的绳环里，站到椅子上，将绳子套在自己的脖子上，然后用脚将椅子踢开。用这种方法自杀比其他任何一种方法都便当，可以减少痛苦。"

儿子听了父亲的话，不禁笑了起来，心里想道："我爹疯了，难道我这么聪明的人想自杀，还用他来教我吗？"

不久，商人辞世了。他的儿子吃喝玩乐，挥金如土，父亲一生积攒下的一份偌大家产，被他在一年里挥霍殆尽，沦落得靠变卖家当为生。他今天卖一张地毯，明日卖一个垫子，卖到家里空空荡荡时，又开始卖男女奴仆，今儿卖一个，明儿卖一个，不久奴仆也卖光了。最终除房子外，家中已无任何值得变卖或典当的东西了，真可谓一无所有，家徒四壁。

一日，他的狐朋狗友通知他带上食物去公园聚会。他在家中的所有屋子里也没找到任何一件可卖钱的东西。于是，他跑到他母亲面前哭诉道："我今晚要赴约聚会，可是已经穷困到不名一文，难以践约了，在朋友面前多么丢人现眼呀！"

母亲十分同情儿子的境遇，狠心地典当掉自己的一只金镯子，给儿子买来许多食品，装进提包里交给他。

儿子十分高兴，拿起提包就去公园赴约。走到半路感到有点累，就将提包放下，坐在树荫下休息。

正在这时，一只狗嗅到包里的食品香味，便跑过来。商人的儿子急忙朝狗扔了一块石头，狗狂吠着跳了起来，一下子就把提包的带子挂在脖子上逃跑了。他急忙跳起来向狗追去，费尽了九牛二虎之力，也未追上。

无奈，他只好空着双手，含着眼泪，伤心地去见他的朋友。他将经过一说，大家不约而同地对他讥笑一番，并不相信他的话。少顷，那帮人拿出食品饮料，围坐在一圈狂吃豪饮起来，而把他冷落在一旁不理不睬。

商人的儿子遭此歧视冷遇,终于恍然大悟,明白了他家原有的万贯家产都是让他和这些狐朋狗友给耗费鲸吞掉的。他悔恨不已,决定用自杀来解脱这苦难的生活。正当他痛不欲生时,猛然想起父亲生前曾经说过,如果你哪天陷入困境想自杀,就去家中后屋上吊的嘱咐。

小伙子心想,父亲在世时自己从未听过他老人家的教诲和忠告,这次就按照他的遗嘱去做一次吧,在那个世界见到父亲时也可以少点羞愧。

回家后,他拿上绳子和凳子,到了后屋,按照父亲教的那样,先站在凳子上,将绳子扔到房顶中央的绳环里捆紧,脖子伸进绳套里,然后用脚将凳子踢到一边。他万万没有想到,就在这时,绳环竟一下子掉下来,他被摔到了地上。同时,无数阿什拉菲金币哗啦啦地落在了他的头和脸上。

他看到满地金币,既欣喜若狂,又深深感到父爱的伟大。他想,父亲是多么疼爱他啊,早就预计到了他可能有破落自杀的一天,事先做了这样周密细致的安排,为他准备好这笔丰厚的遗产,真是舐犊情深,用心良苦。他急忙站起身,拾起那些金币,匆匆来到母亲面前。他见母亲痛苦地蜷缩在屋角,不禁泪流满面,然后歉疚不安地递上金币说:"亲爱的母亲,请起来,我去买点东西,我们要好好吃一顿晚饭。"

母亲见到金币惊喜地问道:"这是从哪儿弄来的?"

　　小伙子不慌不忙回答说："真主知道我一无所有了，重又给我带来了新生。我已经遍尝了世间的人情冷暖，从今以后我知道该怎么生活了，也知道如何辨别真假、善伪和交友做人了。"

　　母亲欣慰地说道："感谢真主让你明白了这些事理。现在你该告诉我这些钱是从哪儿来的，谁教你的这些道理。"

　　小伙子满怀深情地回答道："这些钱是爸爸给我的，这些话也是爸爸教我的。"

　　母亲更加疑惑不解，略有不悦地说道："你别戏弄我，你父亲早已作古了。"

　　为了消除母亲的疑虑，儿子向她详详细细讲了事情的来龙去脉，并发誓从今重新开始生活和持家理财，一定要奋发图强，继承父业，使家产恢复原状。

　　翌日一早，小伙子先去将他卖掉的东西一件件地买回来，然后又将父亲生前居住的房间打扫得干干净净，就开始履行起自己的诺言，认真做起生意来。

　　小伙子以前的朋友得知他突然发迹的消息，都趋炎附势地回到了他的周围。小伙子不露声色，表面上与他们重新打得火热。不久的一天，他邀请这帮朋友共进午餐，地点仍在以前他们邀请他聚会的公园。是日中午，商人的儿子空着双手漫不经心地来了，敷衍应付式地对朋友说："对不起，今天我家的厨师忙着剁肉给我们准备午餐，突然老鼠来了，将肉和肉馅全给偷跑了。"

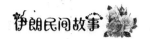

　　他的话音未落，一个朋友急忙说道："没关系，这种事情多得很！上星期我家厨子也是正在剁肉的时候老鼠来了，把剁好的肉馅和其他食物都搬进了鼠洞里。"

　　另一个朋友更加有声有色，煞有其事地说道："这有什么奇怪的！就在前几天，老鼠进了我家的厨房，见什么偷什么，最后厨师将老鼠逮住，万万没有想到，竟让老鼠咬住他的衣领，把他拽进了鼠洞，至今还没有出来，不知是死是活呢。"

　　其他的朋友也都众口一词地附和着，客客气气地对小伙子说："没有什么，这是很平常的事，你大可不必为此事表示不安和歉意。"

　　商人的儿子听了这些杜撰的故事愤慨地说道："大家不会健忘吧！那次我遭遇狗的袭击，对你们说装有食物的提包被狗抢走了，为什么你们谁也不相信，还大肆讥笑我，将我冷落在一旁？"

　　他的朋友被问得个个目瞪口呆，无言以对。他接着又向大家望了一眼，然后从容不迫地说道："在我落难的时候，我说的实情真话你们谁也不相信，可是如今我有钱了，我编造的故事、说的假话，大家都跟着附和奉承。为了取悦于我，讨我的欢心，如此的弥天大谎，你们竟也违心地信以为真。你们今天的表现，让我深刻地明白了一个道理：我富有时，大家对我言听计从、称兄道弟；我贫困潦倒时，墙倒众人推，就是真话实情也没人相信，并视我为陌路人不理不睬。真是世态炎凉，人情冷暖，古今相同啊！"

他说完这番话，就马上告别了昔日的酒肉朋友，回到他父亲的房间里。由于迷途知返，全身心地投入商务经营之中，他的生意红火得如日中天。最终，他子承父业，也成为这个城市的大富翁。

选拔传令官

古时候,朝廷发布命令和传达消息要靠传令官,他们把人们召集到广场上或清真寺门口,然后大声念道:"大家听着,这是国王的命令,来了的别忘了转告没来的……"

但是,这些传令官有时并不能完整地传达命令和消息,常常自行增减,结果传下去往往走样,甚至五花八门,面目全非。

一天,国王就此问题向一位学者请教。

学者说:"原因就在于并不是什么工作是人人都能干好的,那些不能如实传达圣旨的人不配当传令官。"

国王说:"传令官都是自荐来当的,怎么知道谁能干好?"

学者说:"光是自己喜欢当传令官还不够,必须举行考试,选拔那些合格的人。"

国王说:"怎能确定一个人是不是合格呢?"

学者说:"这很好办,向一个人提问题时,如果他的回答扣题很紧,那就合格;如果他的回答离题太远,东拉西扯,那就不合格,因为他在传达命令或消息时不能保证不走样。"

于是，国王授权学者主持考试，挑选新的传令官。

学者准备了十个问题。第一个应试者看来受过教育，显得很自信。

学者问："你结婚了吗？"

应试者回答："我结婚了，有两个孩子。"

学者说："不行，你不合格。"

应试者莫名其妙地说："为什么，考官先生？我已经正确地回答了你的问题，莫非你对我有偏见？"

学者说："不是我对你有偏见，而是你所答非所问。我问你结婚了吗，你回答'结婚了'或'没结婚'就可以了，可你又回答有两个孩子，这不是添枝加叶吗？"

应试者说："哎，考官，别刁难我了。我不如穆萨·凯里姆①伟大，你也不可能比真主高明。《古兰经》上记载，真主问穆萨：'你手里拿的是什么？'穆萨并不是光回答'手杖'，而是说了这样一段话：'这是我的手杖，我用它放羊，需要的时候它给我指引方向。'真主并没有责怪他回答得不对呀！"

学者说："你说的是真主和先知穆萨，他们能很好地领会对方

---

① 穆萨·凯里姆：《古兰经》传说中的先知之一，他率领以色列人摆脱了埃及人的奴役。"凯里姆·安拉"是他的称号，意为"与真主交谈者"。

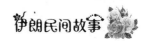

的话,对话中隐含深意。而我们只是选拔传令官,这跟真主和先知穆萨是两回事。"

应试者说:"怎么是两回事?不应该不同嘛,真主也是想让先知穆萨做使者。"

学者说:"你看,你是来回答我的问题的,现在倒问起我来了。如果你真想知道,那我就告诉你:

"第一,真主是洞察万物的,他问穆萨,不是考他,而是启发他的心智,而我是在考你,只要求你照题回答。

"第二,真主在问穆萨之前就选定了他做使者,而我要问你几个问题之后才能确定是否录用你做传令官。

"第三,真主事先知道穆萨手里拿的是手杖,而我事先并不知道你结婚了没有。

"第四,真主与那根手杖有关系,手杖后来变成了龙,但这与你是否结婚没有关系。

"第五,穆萨的解释与手杖有关,而你的解释与是否结婚无关。

"第六,真主问穆萨的就是那一个问题,而我们的考题一共有十道,我要问的第二个问题才是你有没有孩子,你却一块回答了。

"第七,真主是为了传播自己的旨意而寻找使者的,而我是奉国王的命令选拔传令官。

"第八,真主要穆萨传达旨意时还让他哥哥哈伦协助他,而我要求你能独立去传达国王的命令。

"第九,穆萨和别的使者一样,虔诚地为真主服务,不求报酬,而你来当传令官是有酬劳的。

"第十,你现在是来求职的,却拿自己跟先知穆萨比较,引经据典,指责我有偏见。如果明天你真的当了传令官,对那些没有文化的老百姓又会怎样?

"现在,你是否还需要我再说下去,为什么你没有被录用?"

应试者回答道:"不,请不要再说了。你说得都有道理,看来我真不适合当传令官。"

学者说:"你明白我没有偏见就好。我看你倒适合做别的工作,事实上你当传令官也可惜了。我希望以后有机会你再来应试。"

法官的判决

很久很久以前，有一天，一个老国王把首都的大法官叫来，命令他给一个新城市挑选一名法官。大法官把这件事告诉了他的四个学生，并且说道："明天我要考考你们，把你们当中的一个推荐给国王。"

第二天，大法官把自己的四个学生叫来，说："现在你们准备应试。我提出一个问题，请你们做出判断，把结论说出来。问题是这样的：

"有一个主人设宴招待客人，他派仆人到奶站去买奶。仆人把奶盛在大瓦罐里，用头顶着往家走。半道上，有一只天鹅抓了一条大蛇，叼着从天上飞过。那条蛇的口中流出几滴毒汁，正好掉进盛奶的罐子里。仆人把这罐奶拿回家，用它做了一道美味的甜食，客人吃了之后，全都中毒丧命。

"现在，我请你们说，如果你们是法官，认为谁是这个事件中的罪犯，应该怎样判决，你们每个人把自己的意见写在纸上。"

法官的四个学生把各自的意见写完交给了大法官。大法官把他们的答卷拿去看了。第一种意见是这样的："我若是法官,就把仆人吊死,他为什么不把罐子盖子盖上,让蛇的毒汁滴不进去呢?"

大法官说:"这个判决离公道太远。是的,罐子是应当盖上盖子,但是从空中往奶里滴毒汁的这种危险不是随时都有,咱们并没有法律规定食物的器皿必须有盖,因此,不能惩治仆人。"

然后,大法官又念了第二个学生的意见:"我若是法官,会认为天鹅是有罪的,是它把蛇弄到了天上,但是我们又无法惩治天鹅,我看客人是命中注定,即使他们不是因为中蛇毒而死,也有可能老死在床上或战死在疆场上。"

大法官说:"这个判断也不对。说命中注定是没有知识、头脑简单的人的结论。法官必须努力分清是非。"

第三个学生写道:"如果我是法官,我就惩治请客的主人,是他使客人致死的。如果主人能先尝一下,就能知道甜食有毒,别人就不会吃了。主人是罪犯,因为如果没有蛇毒,也可能会有人下毒。"

大法官说:"这个判断也离公正太远,因为主人家里并没有怀疑对象,以致必须如此小心谨慎。我们也没有这样的规定,每个人在为客人准备饭菜时,他自己要先尝一尝。而天鹅在天上飞,叼着一条蛇,蛇的口中流出毒汁滴到奶里,主人是全然不知的。认为他有罪这太不公平了。"

最后,大法官念了第四个学生的回答,他写道:"需要解释一

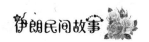

下。"大法官问："你想解释什么？"

那个学生说："依我看，这个问题本身就提得不对。也就是说，如果天鹅叼了一条蛇在天上飞，从蛇的嘴里流出毒汁滴到奶里，滴得那么轻，没一点声音，连仆人自己都没发觉，那么是谁对您说的这个故事呢？要是仆人真的发觉这件事，或者有谁看见了告诉了他，他也就会告诉主人，主人就会先检验一下奶，而客人们也就不会被毒死了。要是谁也没说，谁也不知道，那又是谁去报告法官的呢？我说需要解释的就是，到底是谁第一次讲的天鹅和蛇的故事，而又从哪儿证明他讲的是真的。我要是法官，就从这里开始调查：我把主人、仆人、卖奶人和厨师，总之，把他家所有的人都叫来，单独地向每个人询问事情的经过，再把他们的话加以比较分析。如果天鹅的故事是有人编造出来的，我就更多地怀疑他，更详细地盘问他。为什么要编这个故事呢？可能是奶站的奶坏了，就编造了这个故事；也可能是仆人或厨师跟自己的主人有仇，他们之中的一个人在奶里放了毒，然后又编了这个故事。在这种情况下，谁编造了天鹅和蛇的故事，谁便是罪犯。但是，也有可能这个天鹅和蛇的故事是真的，真有人看见了，然后又传出了这个故事。所以要调查这一切。公正的法官是不急于做出判断的，要详细调查各种情况和有关的人，把无罪的人和真正的罪犯识别开来，然后再做出判决。"

大法官说："妙极了！这个天鹅和蛇的故事正是我为了考你们

才编出来的,你的回答是对的,我要把你介绍给国王。"

第二天,大法官把这个学生介绍给国王,国王就任命他到那个新城市里去当法官了。

看谁先说话

从前有一对夫妻,妻子聪明勤快,丈夫却又笨又懒,两人经常拌嘴。

有一天,丈夫又躺在床上睡懒觉,妻子忍不住抱怨他道:"你看你,天天在家里躺着不干活,也不出门找点儿事情做,你害臊不害臊?"

丈夫说:"我干吗要出门找罪受?我爹死时留下的那几只羊,有羊倌带着它们去吃草,卖了羊奶和羊毛换来的钱足够我们过日子。至于家里的杂活儿嘛,有你干就行啦!"

妻子说:"洗衣、做饭、搞卫生,这些我全都包了,我一天到晚忙得团团转,你也该帮点儿忙吧?比方说牛圈里那头小牛,你去给它喂水吧!"

丈夫说:"我把你娶回来,可不是为了让你吃饱喝足了睡大觉,养得一天比一天胖的!"

妻子说:"我嫁给你,也不是来当牛做马扛长工的!"

丈夫说:"你是我老婆,我让你干什么你就得干什么,我就是让你从屋顶上往下跳,你也得照办。"

两个人吵了半天,最后还是妻子同意当天由她去给小牛喂吃的,不过他们约定:明天早上起来谁先开口说话,谁就得以后天天去喂牛。

第二天,妻子像往常一样先起床搞卫生、做早饭。早饭做好后,丈夫也起来了,他记着昨天的约定,一声不吭地埋头吃饭。

妻子想:我要是待在家里,一不留神就会先开口说话,不如躲到邻居家里去。于是她披上斗篷就出门了。

丈夫吃完饭,就在家门口的台阶上坐下来晒太阳。

不久,门口来了一个乞丐。乞丐对他说:"先生,真主赐福给你,请发发善心,给我一点儿吃的吧!"丈夫就像没听见一样,没有搭理他。乞丐又提高嗓门重复了一遍,丈夫瞪了他一眼,还是没吭声。乞丐想:这人准是个聋子,我再说大声点儿。他凑到丈夫跟前,扯着嗓子大声喊道:"真主保佑你,给我点儿吃的吧!"

丈夫心想:别以为我不知道,你是我老婆派来的,她就想骗我先开口说话,好让我以后天天给小牛喂水喂草。哼,我偏不上你的当,你就是说得天花乱坠,我也不开口,看你怎么办!

乞丐见自己喊破了嗓子,这个男子也没有反应,就把他当作傻子,壮起胆子自己闯进屋里,把桌子上能吃的东西全都装进了自己的背囊,然后高高兴兴地走了。

丈夫看见了乞丐所做的一切,以为他不过是在演戏,所以一句话也没有说。

过了一会儿,又来了一个沿街串巷上门服务的剃头师傅。他看见一个男人坐在台阶上,就问:"兄弟,要理发刮胡子吗?"

丈夫以为这又是妻子派来骗他说话的人,因此没吱声。剃头师傅想:沉默就表示同意。于是拿出工具,先把他的胡子刮得一干二净,然后给他理了个鸭尾式的发型,最后把镜子放在他面前,说:"你自己看看,满意不满意?"丈夫干脆把眼睛一闭,一言不发。剃头师傅想:这人怎么回事,连一句谢谢的话也不说?没办法,他只好伸出手,说道:"给点儿工钱吧,我要去别处揽活儿了。"丈夫还是不说话。剃头师傅不耐烦了,说道:"甭跟我装聋作哑,快点儿给钱!"丈夫还是毫无表示,剃头师傅火了,自己伸手在男人的衣兜里掏出一把钱,走了。

没过多久,又来了一个专门给人修眉、美容的女人。她看见台阶上坐个男人,脸上光溜溜的没有胡子,就走上前不管三七二十一,用细线把他的眉毛修成细细的两条弯眉,又把他脸上的汗毛也拔得干干净净,然后给他涂上脂粉,打扮得像个女人。

美容师刚走,又来了一个小偷。他看见一个女人浓妆艳抹的,身上却穿着男人的衣服,觉得很奇怪,就问道:"夫人,你怎么开着房门,衣衫不整地坐在这里?"丈夫没有答话,小偷又走近两步仔细一看,才明白这是个男人,不禁失声叫道:"哎哟,我的天,你干吗弄成这副样子?"

丈夫心想:我知道你也是我老婆派来的,我可不上你的当。

小偷发现这个男人不管问他什么都像一根木头似的,胆子就大了起来,径直走进屋里,翻箱倒柜,把所有值钱的东西洗劫一空,然后背着鼓鼓的背包一溜烟跑了。

却说牛圈里的那头小牛,渴得喉咙冒烟也没人来理它,就撞开牛栏闯进院子里哞哞地大叫。丈夫听见牛叫,心想:那懒婆娘真可恶,居然还教这头牛也来哄我说话!

就在这时,妻子回来了,她见一个浓妆艳抹的女人坐在家门口,以为是丈夫从哪儿带了个小老婆回来,登时火冒三丈冲过去叫道:"喂,谁让你来这儿的?"

丈夫马上高兴得跳了起来,说:"你输了,你输了! 快去给牛喂水吧!"

妻子吃惊得目瞪口呆地说:"天哪,怎么是你? 你怎么弄成这么一副男不男女不女的样子!"

她喂牛喝了水,进屋看见东西被翻得乱七八糟,明白家里被盗了,气冲冲地问丈夫道:"你是死了还是睡着了,怎么会让小偷跑了?"

丈夫说:"我没死也没睡,我知道那些把戏都是你幕后指挥的,幸好我聪明,没上你的当,这下子我再也不用喂牛了!"

妻子说:"死心眼的倒霉鬼,家都被偷光了,你还在得意你不用喂牛喝水！小偷什么时候走的？往哪边走了？"

丈夫说："刚走不久，不过我可没注意他往哪边走了。"

妻子急忙冲出家门，小牛紧跟着她。妻子跑到巷口，看见一群孩子在玩耍，就问他们："你们看见一个男人从我家出来了吗？他往哪儿走了？"

孩子们指指东边，说道："他向那边走了。"

妻子牵着牛追了过去，追着追着就出了城。不一会儿，她看见前边有个男人背着鼓鼓的背包在匆匆赶路。她断定这就是那个小偷，马上牵着牛快步赶上小偷并超过了他。

小偷对她喊道："大姐，你到哪儿去呀？"

女人说："我要回家，家离这儿还远着呢！"

小偷说："走得这么急干吗？"

女人说："天快黑了，我得赶快找到一个村镇落脚，免得黑夜里一个人待在荒郊野地害怕。唉，要是有个同伴就好了，就用不着赶路赶得这么辛苦了。"

小偷说："那我跟你结伴走好不好？"

女人说："好啊！"

于是他们一起继续赶路。一路上，女人又是甜言蜜语，又是暗送秋波，小偷被她迷住了，问道："大姐，你结婚了吗？"

女人说："没有。我要是有了丈夫，怎么会孤零零地一个人出门呢！"

小偷说："这样太好了，你若是不嫌弃，就嫁给我怎么样？"

女人听后很爽快地答应了。他们约定：等进了城就去法官那里签订婚约。

黄昏时分，他们经过一个村子。小偷提议他们就自称是一对夫妻去村长那里借宿，女人说："好啊，不过有个条件：在没有订婚之前，你不能碰我。"小偷答应了。

他们在村长家得到了热情招待。晚上睡觉时，村长的妻子给他们准备好一间客房，女人在房间的两头分别铺了两床被褥，两人分别就寝了。

等到半夜，女人听到小偷鼾声如雷，睡得很熟，外边也一片寂静，大家都安睡了，就悄悄起身走出房间，到厨房里抓了一把面粉，用水和成一团烂泥一样的面糊，分别在村长和小偷的鞋子里各塞了一把。然后她背起小偷的背包，到牛圈里牵出自己那头牛，急急忙忙地出了门，离开了村子，沿着来时的路一刻不停地往家跑。

谁料女人离开村长家时关门发出了声响，村长的妻子被门声惊醒，连忙推醒村长，让他出去看个究竟。村长起身穿鞋，脚一伸进鞋里就被面糊粘住了。他脱了鞋，把脚上的面糊擦干净，光着脚跑到客房，只见男客人还在呼呼大睡，女客人却已不见了踪影。他把男客人叫醒，客人迷迷糊糊地问道："出了什么事？"

村长没好气地说："能有什么好事儿！你老婆把面糊塞进我鞋里，半夜三更开门走了，也不知道她拿走了我们家东西没有！"

小偷说："不会不会,我老婆从不小偷小摸,她就是有时犯糊涂……"

小偷说着说着突然发现自己的背包不见了,心里暗暗叫苦,连忙对村长说："我得赶紧找她去,三更半夜的,她一个人在外头碰到坏人就糟了!"

小偷说完赶忙起身穿鞋,发现鞋里有一团黏糊糊的东西把他的脚粘住了,他不想让人看出破绽,只好硬着头皮把鞋子穿上了,然后慌慌张张告别了村长,出了门,看看四下里没人,才一屁股坐在地上,脱下鞋,费了好大的工夫才把鞋里和脚上的面糊擦净。

这时候,女人牵着牛已经走出了很远。她一边赶路,一边不停地回头张望。天蒙蒙亮时,她望见后边有个人飞快地向她跑来,她知道是小偷追上来了。她拍拍牛犊的背,说道:"小牛呀小牛,请你拿出点儿威风来,用你这大脑袋上的大犄角,在那坏蛋的肚子上扎个大窟窿!"

小牛转过身瞪着小偷,先慢慢退了两步,然后猛地向前一冲,牛角正好撞在小偷的肚子上,小偷顿时倒在地上昏了过去。

女人高兴地抱着小牛的头亲了一下,牵着它回家了。

妻子回到家,看见家门仍然洞开着,丈夫仍然懒洋洋地在睡大觉,心里气不打一处来,刚想数落他几句,却见小牛也气呼呼地围着他转了几圈,似乎想用犄角来教训他一下,她急忙把牛牵到一边,说道:"哎,小牛呀,我知道你也看不惯他那副懒相,可他到底是

我的丈夫,我和他就像秤和砣一样分不开,看在他为人还算实在、没什么坏心眼儿的分上,这回我们就不跟他计较了吧!"

丈夫听了妻子这番话,也觉得惭愧起来,就起身牵着小牛喝水吃草去了。从此以后,他天天主动喂牛,再也不用妻子催了。

一只乌鸦变成四十只乌鸦

有个人意外地发了笔横财,他想告诉自己的老婆,又怕她嘴不严泄露了秘密,后来他想出了一个办法来试她。第二天早上,他上茅房解完手出来,装出一副很吃惊的样子对老婆说道:"出怪事了,出怪事了!"老婆问道:"出什么怪事了?"丈夫说:"刚才我在茅房解手,一只乌鸦忽然从我肚子下面那地方蹦了出来飞走了!这种离奇事儿你可千万别对人说,免得人家以为我有什么毛病。"老婆答道:"你放心,我的嘴严着呢!"

丈夫吃过饭,出门上店铺干活儿去了。老婆一个人待在家里,她明知应该严守丈夫的秘密,可是有这么件事儿搁在心里头实在憋得难受,最后她实在忍不住了,就跑到邻居家里,对邻居的妻子说:"今天早上我们家出了件怪事。"邻居的妻子问:"什么怪事?"她说:"我丈夫上茅房解手的时候,一对乌鸦从他肚子下面那地方蹦了出来飞走了。哎,这件事你可不要告诉别人啊!"

等她一走,邻居的妻子马上跑到自己丈夫跟前,神秘地说:"你知道吗？今天早上咱们家邻居的肚子里飞出来三只乌鸦！"

当天，邻居的丈夫经过那个男人的店铺时，忍不住进去问道："大哥，听说今天出了件怪事，从你肚子里飞出四只乌鸦了？"

男人否认道："哪里，没有这样的事儿！"

邻居的丈夫走了。没过多久，又进来一个人问男人道："师傅，听说今天从你肚子里飞出五只乌鸦，是真的吗？"

就这样，这件事一传五，五传十，隔不一会儿就有一个人跑来问他是不是真的出了这样的怪事，而乌鸦的数目也越变越多，最后竟成了四十只！

男人憋了一肚子气，晚上回到家，把老婆一顿臭骂："你这蠢婆娘，一点也藏不住事儿，以后我有秘密还敢告诉你吗？早上我还再三叮嘱过你，要你千万不要对人说，结果呢，一只乌鸦变成了四十只，你说，要是我没那么叮嘱过你的话，那一只乌鸦还不知得变成多少只呢！"

回到原来的样子

有一个隐士修行多年,善用法术。有一次,他念了个咒语,把一只小老鼠变成了一个如花似玉的俏姑娘。他准备给这个俏姑娘找一个丈夫,姑娘说:"我要嫁给一个世界上最强大的人。"

隐士对太阳说:"我把这个俏姑娘嫁给你吧,因为你是世界上最强大的东西了。"

太阳说:"云彩比我强多了,因为它能够轻易遮挡住我的光芒,让世人看不见我。"

隐士对云彩说:"我把这个俏姑娘嫁给你吧,因为你是世界上最强大的东西了。"

云彩说:"风比我强大多了,它想把我吹到哪里就吹到哪里。"

隐士对风说:"我把这个俏姑娘嫁给你吧,因为你是世界上最强大的东西了。"

风说:"山比我强大多了,它总是挡住我的去路,让我无法前进。"

　　隐士对山说:"我把这个俏姑娘嫁给你吧,因为你是世界上最强大的东西了。"

　　山说:"老鼠比我强大多了,它总是在我身上打洞,我却拿它毫无办法。"

　　隐士听了这话,只好把俏姑娘献给了只老鼠。老鼠说:"我只能娶我的同类。"

　　隐士没办法,只好念了个咒语,把俏姑娘又变回老鼠,让她和老鼠结了婚。

自作自受的律师

有个破产商人欠了很多钱还不起,被债主告到法官那里。他被逼得没办法,只好去向一个很有名的律师求助。

律师说:"你到了法庭上,不管法官或别人问你什么,你都回答'是,是',千万不要说别的,明白吗?"

商人说:"是,是。"

律师问:"如果他们问你把钱拿去干什么用了,你怎么回答?"

商人说:"是,是。"

律师又问:"如果他们问你,卖给你的货物都哪儿去了,你怎么说?"

商人说:"是,是。"

律师还故意骂道:"真该死! 你为什么不回答我的问题? 你为什么欠债不还?"

商人还是说:"是,是。"

律师称赞道:"好,你装得很像,回头就这样对付他们。"

于是,商人给律师预付了一小笔酬金,并约好另一部分酬金等打赢了官司再付。

过了一天,法官传商人出庭。在法庭上,不管法官或其他人问他什么,商人都只是唯唯诺诺地回答道:"是,是。"弄得法官一筹莫展,无可奈何,最后只好判决道:"这个可怜虫由于破产而伤心过度,已经变得神志不清,本法庭判他无罪。"债主们也都以为他确实受了刺激变得痴呆了,起了同情心,表示不再向他追讨债款。

第二天,律师按照约定时间到商人家里来取酬金。商人给他开了门,既没有道声好,也没有说其他寒暄问候的话。律师向他问好,他也只是答道:"是,是。"

律师说:"感谢真主,你打赢了官司,现在我来取剩下的那部分酬金。"

商人说:"是,是。"毫无付钱的表示。不管律师再说什么,他都说"是,是"。

律师明白过来了,说道:"现在你跟我也耍起这一套把戏,我不是自讨苦吃吗!"

商人照样说:"是,是。"

律师终于不耐烦了,说道:"得了,得了,我自认倒霉,算我没帮你打赢这场官司!"

说完,律师垂头丧气地离开了。

伤口里的碎骨头

有个人不小心摔了一跤,把胳膊摔断了,皮肉也受了伤。外科大夫给他接好胳膊,把伤口包扎好,嘱咐他每天准时到诊所来上药。这个人每天都按时来诊所,当然,每次来都要交一定的治疗费。

有一天,外科大夫正好出诊去了,他的儿子替他在诊所看病。当他检查那人的伤口时,断定里面还有一块碎骨头没有取出来,耽误了伤口愈合。他重新切开伤口,把里边的碎骨头取出来,然后包扎好,并给病人详细讲解了清洗伤口的方法,告诉他以后不必天天到诊所来了。病人这次经大夫的儿子治疗以后,疼痛顿时减轻,觉得舒服多了。

不久,外科大夫出诊回来了。儿子把处理病人伤口的情况跟他说了。大夫听说他把伤口里面的碎骨头取了出来,不由得连连跺脚,骂道:"笨蛋,你以为我不知道他的伤口里有碎骨头吗? 那是我故意留在那里的。这个病人是个有钱人,我让他伤口一时半会儿好不了,天天到诊所来看病,好让他从口袋里多掏钱。现在你自以为聪明,治好了他的伤,殊不知把我们的财路给断了!"

贩布商与骑马人

从前,有一个贩布商,他每隔一段时间就到城里买各种各样的布料,再拿到周围的农村去卖。

有一天,这个贩布商正在路上走着,突然遇到了一个骑马人。贩布商背着一大包布料累得够呛,他见骑马人不慌不忙地走着,就对他说:"先生,我太累了,这个大包袱把我的背压得生疼。既然咱俩今天碰上了,真是三生有幸,能不能把包袱放在你的马上驮一会儿,让我歇一会儿? 我将为你的慷慨而高兴,并且为你祝福。"

骑马人回答说:"我不知道怎么向你道歉才好。你说得有理,助人有善报嘛! 可是遗憾的是,昨天我的马没有喂够草料,无力赶路,再往它背上加码是不公正的。"贩布商说:"是啊,你说得也有道理。"他俩刚走了几步,突然从路旁荆棘丛里蹿出来一只兔子,并在一百步以外的地方停住了。骑马人一见兔子,就加快速度向前追去,追着追着,骑马人离贩布商越来越远了。

贩布商见骑马人走远了,心想:"幸亏他没拿上我的包袱,不然,我就撵不上他了。说不定他还会生邪念,把我的布拐走呢。"

再说,骑马人也是这么想,他自言自语道:"我有这么好的马,谁都赶不上。刚才我要是把布贩子的包袱接过来,把马一赶,那布不就是我的啦!"

骑马人想到这儿,掉转方向,慢慢地走回来。他对贩布商说:"非常对不起,我把你一个人丢下,去抓兔子。咳,我没有好运气,兔子跑了。说真的,前面的路很长,我不忍心一个人先走,把你的包袱给我吧,让马驮着,你自己歇一歇。马到前面村子就能吃上草料,也就解乏了。"

贩布商说:"谢谢你的好意,可是我不忍心让你受累。现在我觉得自己的包袱应当由自己背,这样,即使再累,我的心也踏实。"

好听与难听

古时候,人们非常相信梦,以为梦能预示未来。因此,王宫里有专门圆梦的人,国王或王储做了好梦或者可怕的梦便要求圆梦的人做出解释,并根据这些解释行事。

有一天夜里,王储做了一个梦。第二天早晨他下令让圆梦者来圆梦。

这位王储觉得圆梦者的解释往往大相径庭,所以疑虑起来。他想:"如果圆梦是可信的,那么不同的圆梦者对同一个梦的说法应当是一样的,而不应该各人有各人的解释,如果梦没有什么含义,那么又怎么解释梦中那些光怪陆离的事呢?"于是王储决定分别给圆梦者讲自己的梦,如果他们的解释牛头不对马嘴,王储就不相信。

那天,王储先叫来一个圆梦者,对他说:"我梦见我的牙齿不断地从嘴里掉出来,一颗都没剩,这有什么说法呢?"

圆梦者说:"这不是好梦。它的解释是,王储所有的亲人都将在王储去世前死去。"

王储心想,这个说法真是太离奇了,于是他二话没说就下令把这个圆梦者打了一百大板,然后把他赶出王宫。

然后,王储又叫来第二个圆梦者,把那个梦重新讲了一遍。

第二个圆梦者说:"这是一个好梦。它说明王储的寿命要比其他所有的亲戚都长。王储最长寿。"

这回王储高兴地说:"这个说法真动听。"于是他下令赏给圆梦者一百枚金币。

最后,王储把大臣叫来说:"你去安慰一下头一个圆梦的人。其实两个圆梦者的解释是相同的,只不过一个说得好听,另一个说得难听。"

努鲁兹爷爷

从前,有一位努鲁兹①爷爷,他头戴圆毡帽,脚穿麻布鞋,身着蓝布袍,手里还拄着一根拐杖。每年新春的第一天,他就从冰天雪地的高山上下来,来到我们的身边。

在一座城市的城门外住着一位老奶奶,她一心爱慕着努鲁兹爷爷。新年的第一天,老奶奶一大清早就起来开始梳妆打扮。她先用指甲花染红自己的脸颊、手掌和脚心,再用麝香和龙涎香把头发涂得香喷喷,接着换上红色的衣裤和百褶裙,把自己装扮得焕然一新,漂漂亮亮。然后,她在门廊前铺上地毯,上面摆两个大托盘,一个盘里装满象征着吉祥幸福的"七新"②,另一个盘里装满各种干果和点心。她又搬来火炉,把炉火烧得旺旺的,再把水烟袋也拿

---

① 努鲁兹:波斯语,意为"元旦""新年"。
② 七新:伊朗人过新年时家家必备的七种物品,一般是苹果、醋、蒜、沙枣、麦苗、麦芽糖和漆树籽等,象征着如意吉祥。

来放在旁边。这一切都准备停当以后,她就坐在水池边一心一意地等着努鲁兹爷爷的到来。

等啊等啊,不知等了多久,老奶奶的眼皮渐渐变得越来越沉,怎么也睁不开,不一会儿,她就打起呼噜睡着了。

就在这时候,努鲁兹爷爷来到了老奶奶家门口。他看见老奶奶睡得那么香,不忍心叫醒她,就在院子里摘了一朵金盏花放在她怀里,坐在她身旁,夹起一块炉火点燃了水烟袋,吸了几口烟,又切开一个橙子吃了两瓣。他看见炉火烧得很旺,怕它很快就会烧尽,就撒了一把炉灰在上面。然后,他低头吻了一下老奶奶的脸颊,站起身来又匆匆上路了。

太阳升起来了,金灿灿的阳光洒落到门廊上,老奶奶醒了。她睁开眼睛,发现自己胸前衣襟上多了一朵花,再仔细一看,发现炉子旁放着的水烟袋已经点上了火,橙子切开了,炉火盖上了炉灰,就连自己的脸颊上也残留着一丝湿润,好像刚刚被亲吻过……老奶奶一下子明白过来:努鲁兹爷爷来过了!

老奶奶懊恼极了。她盼望了那么久,好不容易等到努鲁兹爷爷来了,自己却睡着了,没有见到他,这多让人难过啊!

老奶奶从此每见到一个人就要讲一遍自己的伤心事,并不停地问人家:“你说怎么办? 你说怎么办?”有一个好心人安慰她说:“只要你耐心等待,再等一个春夏秋冬,等到下一个春天来临,在新春的第一天,努鲁兹爷爷会再次从高山上下来,当他经过城门口的时候,你就可以见到他了。"

老奶奶相信了,她又满怀希望开始了等待。可是谁也不知道第二年她是否见到了努鲁兹爷爷,因为人们都说:如果这两个老人真的碰面的话,世界就到尽头了。既然世界现在还没有结束,那看来他们还没有见面。

"看见我的骆驼了吗？"

据说有一次诗人萨迪在沙漠中旅行,看见路上有一行骆驼的脚印,路边的苜蓿草左边被吃光了,右边的还完好无损。他想:有一头骆驼经过这里,它的右眼瞎了。过了没多久,他又看见路旁沙地上有骆驼卧下的痕迹,旁边有女人的鞋印,隔几步远的地方有一处小便后留下的湿印,边上还有一个女人的手掌印迹,此外,周围还有许多蚊子和苍蝇。根据这些迹象,他推断骑骆驼的是一个女人,她在这里曾下来解手;地上的手印表明她站起身时很费力,用手在地上撑了一下,因此这女人很可能已经身怀六甲;蚊子和苍蝇多,表明骆驼驮的货物是醋和果汁。

就在这时,一个男人气喘吁吁地从后面追了上来,问萨迪说:"大叔,看见我的骆驼了吗?"

萨迪说:"它的右眼是不是瞎了?"

"是呀!"

"它驮的货是醋和果汁?"

"对!"

"有个女人骑在上头?"

"正是!"

"那女人还怀了孕?"

"不错,正是我的骆驼,你在哪儿看见的?"

"很遗憾,我没有看见你的骆驼。"

"没有看见你怎么知道得这么清楚? 连女人怀孕你都知道? 准是你拐走了我的女人和骆驼,还想抵赖! 快把骆驼还给我!"

男人一边说着一边举起手中的棍子要打萨迪。萨迪边躲闪边分辩说:"我真的没看见你的骆驼,我是推测出来的!"那男人哪里肯相信他的话,仍然追着要打他。萨迪狼狈万分,懊恼地咒骂自己说:"谁叫你卖弄小聪明,自以为什么都知道,活该挨打!"

就在两人纠缠不清的时候,前面路上出现了女人和骆驼的身影,男人这才撇下萨迪,追骆驼去了。萨迪摸着被打得火辣辣的胳膊,喃喃自语道:"一开始他问我看见骆驼了吗,我就该回答说没有。唉,不吃一顿棍打,不知道人不可卖弄自己。吃一堑,长一智吧!"

阿努希尔旺和果园的老头儿

很久很久以前,霍斯鲁·阿努希尔旺国王外出观赏田园风光。当他来到路边的一座皇家园林时,看见一个老头儿正吃力地挖土栽树。霍斯鲁走上前问道:"老汉,你在干什么?"

老头儿本来不认识霍斯鲁,便回答道:"我干的活你是可以看得见的,而我种的树叫无花果。"

老头儿之所以这么回答,是因为在他看来,问题应当提得让人回答时不落俗套,而不应当只重复众所周知的事情,比如回答"你在干什么"这种问题,按理只能说"我在种树",但这不是明摆着的吗?

霍斯鲁很欣赏老头儿的回答,看出老头儿思想很活跃,就想多跟他聊聊,于是又说:"老汉,看来你已经不年轻了,没有希望活得很久了。你若是栽一棵很快就能结果的树,那你还有可能吃到果子,可是无花果树要过好些年才能结果呀!你是否想过,你今天栽了树,以后很难亲手摘到果子啦?"

老头儿沉吟片刻,回答道:"当然,这棵树的果子很可能到不了我的手里,不过,前人种树,后人吃果,这是最简单的道理,所以,我们种树也要让别人吃到果子。别人种我们吃,我们种他人吃,这才叫庄稼汉呢!"

霍斯鲁觉得老头儿这番话儿很有分量,既爽快又通情达理,非常高兴。这时候,霍斯鲁的随行人员也赶到了,老头儿这才明白与自己对话的是一位君主,于是他对自己刚才说的话感到不安起来。

可是,霍斯鲁却马上下令把果园赐给了老头儿。据后人传说,老头儿真的活到他栽的那棵树结了果实,并且还给君主送去一些作为礼物呢!

阿巴斯国王和老人

有一次,阿巴斯国王外出打猎,看见一个老人步履蹒跚,满面沧桑,不禁对他起了恻隐之心。他想出了一个让自己的侍从们帮助老人的办法,走上前对老人说:"老人家,你的伙伴们都好吗?"

老人答道:"唉,他们都七零八落了。"

国王问:"天各一方的那两个怎么样了?"

老人答道:"他们倒是越来越近了。"

国王问:"总是出双入对的那两个又怎么样?"

老人答道:"他们两个已经变成了三个。"

国王又问:"莫非你没把三变成九?"

老人答道:"怎么没有?可惜白忙了一场,没有结果。"

国王哈哈笑道:"别着急,老人家,千万别轻易出手,一定要卖个好价钱。"

老人也微笑道:"托你的福,但愿如此。"

国王离开老人以后,对自己的侍从们说:"你们知道我对那老

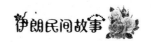

翁说的话是什么意思吗？他的答话又是什么意思吗？"侍从们面面相觑，回答不上来。国王说："我给你们四十天时间去想，到了第四十一天来向我报告答案。"

侍从们绞尽脑汁也想不出答案。第二天，他们去找那位老人，要他说出他和国王猜的是什么谜，老人只是微微一笑，并不作答。不管他们怎么询问、恳求，他就是不予理会，他们一点办法也没有。

日子一天天过得飞快，眼看国王指定的日子就要到了，侍从们仍然一筹莫展。怎么办呢？他们只好再次去向老人求教。这一次他们给老人带去了很多金银珠宝当礼物，只求他能够开口相助，使他们免受国王的责罚。

禁不住侍从们的再三恳求，老人终于开口说道："国王的第一句问话是：你的伙伴们都好吗？他的意思是：你的牙齿还好吗？我的回答是：他们都七零八落了。意思是：我的牙齿都掉了。国王的第二句问话是：天各一方的那两个怎么样了？意思是你的两个眼睛怎么样了？我回答说：他们倒是越来越近了。意思是我的眼力越来越差，只能看近处，不能看远处了。第三句问话是：总是出双入对的那两个怎么样？意思是你的一双腿脚还灵便吗？我回答说他们两个已经变成了三个，意思是说我得拄着拐杖走路了。最后一句问话是：莫非你没把三变成九？意思是说，你有没有在春季的三个月里好好耕种，为剩下的那九个月储备粮食？我回答说：可惜白忙了一场，没有结果。意思是说：我虽然辛辛苦苦地耕种，可是

赶上了干旱和蝗灾,我的庄稼颗粒无收了。国王最后又说:老人家,不要轻易出手,一定要卖个好价钱。意思是暗示我:我帮你一个忙,你不要轻易把我们对话的秘密告诉别人,除非他们带着足够的钱财来求你。这就是国王和我对话的秘密。"

　　侍从们听了恍然大悟,对老人和国王的机智和默契深表佩服。

救命的胡子

有一天晚上,伽色尼王朝①的穆罕默德国王乔装打扮,穿上了工人的服装,独自在加兹宁城②巡夜。那是一个冬天的夜里,城里空荡荡的,各处的门都紧闭着,偶尔有一只狗或一个乞丐从小巷经过。国王想到城市偏僻角落去视察一下,看看哨兵们和守夜人是不是忠于职守。

穆罕默德国王穿过了一个广场,看见有五个人在一个角落里悄悄地谈话。穆罕默德从他们旁边走过的时候,他们把他拦住了。"你等一下,让我们看看你是什么人,你到哪儿去?"那五人问道。

穆罕默德说:"没什么,我也是像你们一样的人,跟你们一样在小巷里走路。我和你们的区别是,我没有什么事要难为你们,可是

---

① 伽色尼王朝:10～12世纪阿富汗的封建王朝,古代波斯包括伊朗和阿富汗。

② 加兹宁城:伽色尼王朝的首都,在今阿富汗。

你们却无缘无故地盘问我。"

那五个人中的一个说:"很好,我们没工夫在这儿饶舌,你的口袋里有多少钱?"

穆罕默德笑了笑说:"真逗,要是我口袋里有钱,我就到一个角落里安生地睡觉了。我正在捉摸哪儿有钱呢。可你们有什么事要找我呀?"

他们说:"真怪,看来你也跟我们一样。既然如此,你若是稍微机灵点儿的话,你就会跟我们一块儿走。我们也正在想着哪儿有钱。你知道吗,我们都是失业的人,没饭吃,我们的工作就是夜里行窃。今天晚上我们也正想去偷,现在正筹划着,但是这种事非常难,得爬上墙,得用一种诀窍打开每扇门,还得不出一点儿声音,得随时准备溜走。主人一来,看守人一来,就有危险,就出麻烦,总之,需要很大的本事,你是那种人吗?"

穆罕默德国王从来没遇见过这类人,他想跟他们一道去,好弄明白他们干的事。于是他答道:"我不知道,我没干过这种事,可是你们要是带我去,我就帮你们干,要是你们不带我去,我就找自己的活儿去。"

几个贼一起说:"不行,既然你已经认识我们了,我们就不能放你走,因为你可能去报告卫兵,把我们捉住。我们只好把你的手脚捆起来,扔在一个偏僻的角落里,让谁都听不见你的声音。你要是想跟我们一同去的话,你必须去干一件对我们有用的事,不然,我

们可不需要慢吞吞的笨帮手。"

穆罕默德说："唉！我真是进退两难了。我要会干什么吗？你们又没有工厂，需要有专业技术的工人。你们不就是爬上墙，去拿人家的东西吗？那好，我就帮你们的忙。"

几个贼都笑了起来，说道："也不是那么简单。我们每个人都有一种特殊的本事。"

穆罕默德问："什么本事？"

第一个贼说："我的特点是耳朵灵。狗一叫，我就知道它说什么。我能从狗的叫声中分辨出是来了贼，还是狗饿了要吃食。"

第二个贼说："我的特点是眼睛亮。我在黑暗中见到的人，第二天，他不管换上什么衣服，我都能认出来。这个本事在我们销赃时有用，不至于碰到麻烦。"

第三个贼说："我的特点是臂力好。我在墙上掏个洞或把门从门轴上卸下来时，不会出一点声音。"

第四个贼说："我的特点是鼻子灵。我能够区别珠宝商店和鞍具商店的味道。"

第五个贼说："我的特点是手巧。当咱们决定把绳索扔到墙上时，我能熟练灵巧地让绳索的钩子正好挂住墙头。大家就可以拽着绳子爬上去。"

然后，几个贼一起说："好吧，要是我们带你去，你对我们有什么用？你有什么特点，有什么技艺呀？"

穆罕默德想了想说:"你们这些本领都有用,可是我的本领比你们这些更重要。你们的技艺只有在你们没有被人抓到的时候有用,而当你们落到卫兵或被盗的主人手里,你们的这些特点对你们就什么用处也没有了。而我的技艺十分奇特,我的特点是胡子可以救人。倘若有个罪人落到了卫兵和刽子手的手里,我一摸胡子,他马上可以自由。"

这几个贼说:"嘿,凭真主发誓,你的本事比我们的都大。这胡子太棒了。你理应是我们的领袖、我们的头儿、我们的首长。我们准备给你分的那份报酬比谁的都多,可以放心地干活儿了。咱们走吧,不必再耽搁了。"

他们朝右边的胡同走去。刚往前走了一段路,有一条狗从他们面前走过,狂吠了起来。

耳朵灵的贼说:"狗说,有个大人物跟你们同行。"其他人说:"是啊,它指的就是咱们这个有胡子的新哥们。"

然后,他们来到了一堵矮墙前。一个贼说:"爬这墙太容易了。"鼻子灵的贼闻了闻那儿的土,说道:"没什么用,这堵墙是一个穷老太婆家的院墙。"

这以后,他们又来到了一堵高墙前,可以看得见墙后有许多树。手巧的贼把钩子牢牢地钩在墙上。他们沿绳子爬上墙头,进了果园。刚一走近房子,鼻子灵的贼闻了闻土,说道:"咱们来到好地方了,这儿发出珠宝库的味儿。"

在一个黑暗处,臂力好的贼在墙角挖了个洞,随后他们爬进了珠宝库,尽最大的可能拿了金子、银子、珠宝和其他贵重物品。然后他们悄悄地穿过园子,翻墙出去,把所有偷来的东西藏在城外壕沟附近的废墟里。他们说:"现在咱们分散开,明天晚上再来分这些东西。"于是约定,他们其中一个人装扮成乞丐,留守在废墟附近直到第二天夜里。这时,他们告诉穆罕默德:"到现在为止,咱们的工作完成得很不错,你明天晚上来取你的那一份儿。"

穆罕默德国王在知晓了他们的秘密以后,回到王宫。第二天早晨,他把那件事的经过告诉负责有关事务的大臣。大臣派出官吏和部队,查抄了宝物,抓获了窃贼,把他们捆绑着带到法庭上。窃贼们吓得发抖,排成一队站在罪犯的位子上。法官逐个宣判他们的罪行,并说道:"人民因为你们这些夜盗者不得安宁,现在为了惩前毖后,叫刽子手来。"

还未等刽子手来到,穆罕默德国王便穿着礼服来了。这时候,眼睛亮的贼对自己的伙伴说:"昨天跟我们同路的那个胡子有特点的人来了,他就是国王。"

耳朵灵的贼也认出来了,说道:"昨天晚上那条狗叫着说有个大人物跟咱们同行,说的就是这个人呀!我现在明白了,他就是国王。"

刽子手来了。法官问贼:"你们是否认罪?"

贼说:"是的,我们认罪,但是,如果你想公正判决的话,应当惩罚我们每一个人。我们昨天晚上是六个人一起偷的宝库,而现在我们是五个人。"

法官说:"你们把另外那个人也指出来。"

贼一齐说:"您稍等一等,我们每个人都有一种本领,昨晚我们五个人都把自己偷窃的本事显示了出来,现在我们在等着另一个人显示本事,因为那个人可以救我们。"

法官说:"无论如何,我都得下令让刽子手惩治你们。除了国王,谁也不能下大赦令。"

穆罕默德国王面带微笑。大家都等待着,窃贼们不敢轻易地把他们知道的秘密说出来。终于,五个窃贼中的一个大声朗诵一句诗:

"我们都做完了自己的事,

大人啊,最后您捻胡须吧!"

穆罕默德听了笑了起来,说道:"因为你们认罪态度好,所偷赃物且已缴获,这次就赦免你们,你们要悔过自新。"

然后国王又下令根据他们的不同特点,给他们安排某项工作,并对他们说:"我只能饶恕你们一次,以后有罪必罚,有过必惩。"

狮 子 和 人

从前,有一天,森林之王狮子正在看着自己的孩子们玩耍,突然,一群猴子慌慌张张向这边跑来。

狮子拦住一只猴子问:"发生了什么事?"

猴子说:"不好了,森林里来了一个人!"

狮子想:人并非庞然大物,力气比我差远了。于是,它安慰猴子说:"人没什么可怕的。"

猴子说:"是啊,害怕有啥用?可是您没碰见过人,他们确实非常可怕,比所有动物都厉害。"

狮子怒吼一声,说:"你们放心吧,有我在,别说是人,就是妖魔鬼怪也不用害怕。"

狮子从来没有走出森林,不知道人长得啥样。它想问问猴子,又怕它们笑话,有失面子。于是它决定出去走一趟,把人的脑袋提回来,让这些胆小鬼看看。

第二天一大早,狮子就独自走出森林。走着走着,它远远看见了大象,心想:这大概就是猴子所说的人吧,难怪猴子害怕,这东西确实比我还大好几倍。

狮子冲到大象跟前说:"告诉我,你是不是人?"

大象说:"天哪,我哪里是人呢?我是象。我恨死人了,他们捉住我们大象,在我们背上放上坐垫,骑在我们身上,用棍棒敲打我们的脑袋,甚至用铁索绑住我们的腿,还拔掉我们的牙。我们大象受尽人的凌辱,真是太不公平了。"

狮子说:"既然这样,你有没有想过让人也受受罪?"

大象说:"狮子先生,你有这个权力,我们大象可不敢这么想。"

狮子说:"那就别说废话了,走你的路,干你的活儿去。"

狮子继续往前走,不久,碰见一只强壮的骆驼,心想:这可能是人。

"站住,告诉我,你是不是人?"

骆驼说:"真主保佑,可别说我是人,我是骆驼,吃的是野草,驮的是重物,供人使唤驱遣。人把上百公斤的货物绑在我们背上,通过荒无人烟的沙漠,我们常常又饥又渴。为防止我们逃走,人还拴住我们的腿。他们喝我们的奶,剪我们的毛做外套和斗篷,甚至还吃我们的肉呢!"

狮子说:"那好,我早就知道了,只是想看看你是不是冒充人去吓唬猴子。"

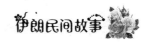

骆驼说:"我从没欺负过别的动物,如果猴子给我戴上笼头,我也会跟它走。我是能吃苦耐劳的。"

狮子说:"好了,不用多说了,走你的路,干你的活儿去吧!"

狮子继续前进,又看见一头牛,心想:这只头上长角的动物一定是人了。它上前拦住牛问道:"你是人吗?"

牛说:"不是,人头上不长角。我是牛,拿人没办法,一肚子苦水不知往何处倒。人白天牵我们去耕田,或者去拉磨,晚上把我们关进棚子里。人还要挤我们的奶喝,等我们老了,不中用了,就一刀把我们宰了,吃我们的肉。"

狮子说:"这我早就知道了。我想说的是,你别冒充人去欺负猴子,它们胆小没出息,怕人。"

牛说:"真主保佑,我不会的。"

狮子说:"好了,别再啰唆了,该干什么干什么去!"

狮子接着往前走,看见一头驴在田野边跑边叫。它想:这只动物跑得挺欢,还发出得意的叫声,肯定是我要找的人啦!

狮子把驴叫住,说:"告诉我,你是不是人?"

驴说:"别提了,我可是受够了人的罪,好不容易才逃脱他们的魔掌。他们非常野蛮,谁要落到他们手里可就遭殃了。他们不但让我驮东西,还要骑在我们背上。他们管我们叫笨驴,说什么有了我们就省得走路了。"

狮子说:"好了,我知道了。"

驴说："你碰到人时也得当心点儿。"

狮子说："你不用操心，我知道怎么办。"

狮子边走边纳闷："怎么谁都怕人呀？难道还有什么动物能比大象、骆蛇、牛和驴厉害吗？"

走了没多远，狮子看见一匹马拴在树下，正在吃草料。狮子上前说："你是谁？我正在找人呢。"

马说："嘘，小声点儿，别让人听见了。人非常危险，可能只有你才能为我们讨回公道。人给我们戴上笼头，系上缰绳，让我们驰骋疆场，或者去打猎，骑着我们挥起鞭子猛抽。你也看见了，我就是被人拴在这里的。"

狮子说："你这是自作自受，你有牙齿，可以咬破笼头，咬断缰绳跑掉嘛！你若是跑到森林里来，多自在呀！"

马说："是啊，你说得完全对。可是森林里有狮子、狼和豹，那里更危险。你要是想见人的话，那边地里就有。"

狮子说："那好，我这就去见他们。"

狮子来到田边，看见一个男人正在劈木头，他的儿子在一旁帮忙。

狮子自语道："这种动物看上去也不太像人，还是过去问一问。"

狮子上前问道："你们是人吗？"

男人见到狮子吓了一跳，但很快又镇定下来，说："是的，我们

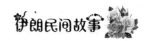

是人，尊敬的狮子先生。"

狮子说："今天我来看看你，听说你虐待别的动物，它们都怕你。"

男人说："狮子先生，我虐待谁了？是谁跟您说的？如果有谁怕我们，那是因为它胆小，我们是所有动物的仆人，它们的说法不公正。您是万兽之王，应该很聪明，不能轻信它们的话。"

狮子说："我听说象、牛、马、驴和骆驼都对你满腹牢骚，猴子也怕你。"

男人说："尊敬的狮子，您怎么能相信它们的话呢？说大象吧，它这种身躯庞大的动物，讲这种话竟不脸红？我们把它从野外带进城里，和人们认识，给它们饲料，在动物园里招待它；骆驼也是这样，我们照料它，喂它食物，帮它造房子，它的毛长长了有什么用，我们就用驼毛给穷人做衣服；至于马，我们给它披上金光闪闪的鞍子，打扮得跟新郎新娘似的；我们把牛和驴放到草地里吃草，它们又都自觉自愿地回到圈里来。如果它们有不满，为什么又回来呢？狮子先生，您听到的那些话都是一面之词。常言说得好，'一个人去见法官，肯定满意而归'。如果您不信，我现在就把马牵来，解开缰绳，如果它跑进森林不再回来，就证明它不愿和人在一起。实际上它不会这样的，早晚总会回来，这就证明我们没有虐待它们。我们也从来不让狮子和豹子驮东西，因为它们不愿意干这活儿。我们根本就没有虐待任何动物，谁也不会相信像我们这样弱小的动

183

物能欺负它们。我们连大象的一条腿都比不过。"

狮子说:"有一定道理,你好像很健谈。"

男人说:"健谈不是原因,行善才是根本。您要相信,我们人所做的,都是为别人好。我刚才还在想着如何为您效劳,我建议在动物园里为您建一栋房子,您虽然是动物之王,但也完全有权利享受人的服务。"

狮子说:"房子是什么?"

男人说:"如果您允许,我现在就造一栋房子给您看看。您不妨先到树荫下休息一会儿。"

"好吧!"狮子同意了。

男人对他儿子说:"你去把木板、榔头和钉子拿来。"

工具拿来后,男人马上做了一个大木笼。他把狮子喊来说:"请进去吧,这就是您的房子。它的好处是:如果您不想被人打扰,就进去,关上门,安心睡觉。您的孩子们可以待在里面,下雨淋不着,刮风吹不到,太阳晒不着。我们人就住在房子里,它对于您也同样重要。现在就请您进去看看吧!"

狮子越听越觉得人并不可怕,倒特别和善可亲,因此就毫无戒备地钻进了笼子。男人立即把门关上,说:"欢迎您,我让您瞧瞧我们人的本事。"

男人悄声吩咐他儿子到笼子后面生堆火,烧上一壶水。然后走近笼子对狮子说:"那些动物说人不好,其实人只是身体单薄一

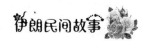

些,大脑却比所有动物都聪明。您对人一点儿也不了解,独自在森林中称王。人类发明了很多东西,尽管我们没有你们那样的爪子和牙齿,但是这些东西比爪子和牙齿更厉害。现在我就用一个小小的水罐做试验,让你一辈子也忘不了人比动物更厉害。"

男人说完高声叫道:"孩子,拿水罐来!"

他拿起水罐,从笼子顶上往狮子身上浇开水。

狮子疼得大叫,全身都起了水泡。它求饶道:"你的话我都明白了,求求你,放我走吧!"

男人说:"是的,我本来不想把您关起来,这样做只是想让您回到森林里去告诉那些动物。人本来是善良的,能与动物友好相处,只不过人很聪明,能够利用动物的长处为自己服务。我现在马上就把您放了。"

男人打开笼子,狮子赶紧跑出来回到了森林。它由于全身烫伤不停叫着,其他几只狮子闻讯马上跑过来,问它发生了什么事儿。

受伤的狮子诉说了自己不幸的经历,那几只狮子说:"你跟人枉费口舌,以至于上了他的当,你应该一开始就动手干掉他。现在我们一起去报仇吧!"

三只狮子在前,受伤的狮子在后,它们向田边走去。这时那男人回家了,只有他儿子还在那儿。男孩看见四只狮子走过来,赶紧爬到树上。

　　狮子们来到树底下,受伤的狮子说:"我在树下蹲着,你们踩在我肩膀上,一个一个上去,把他抓住就是了。"

　　狮子们一个站在一个肩膀上,搭成梯子。男孩一看狮子很快就要抓住自己了,急中生智,突然想起父亲的话,大喊一声:"父亲,拿水罐来。"

　　受伤的狮子领教过水罐的厉害,一听这话,吓得抽身逃跑,其余的狮子一个个掉下来。受伤的狮子边跑边叫道:"快跑,晚了就来不及了。"

　　三只狮子跟在后面,问道:"干吗跑呀?眼看就抓到人了。"

　　受伤的狮子说:"你们不懂,我知道人的秘密武器。人一说'拿水罐来'就大事不妙。你们看我身上的伤就会明白,我们吃亏就吃在不会做水罐上。人比我们有知识,谁有知识谁就有力量。"

杀 羊 教 熊

有个铁匠听人说熊是一种聪明的动物,容易驯养和教它干活,就想办法弄来了一头熊。他把熊牵到铁铺子,让熊坐在火炉旁,自己则在风箱前坐下,一边拉风箱一边对熊说:"好好看着,就这么拉,以后你就帮我干这个活儿。"

铁匠每天都重复这句话和这个动作。可是,尽管他耐心地连说带比画地做示范动作给熊看,那头熊还是一点也没学会。

铁匠很生气。他想:这熊准是故意不肯学干活儿,得想个办法吓唬吓唬它,让它学乖点儿。

铁匠家还养着一头山羊,他每天喂它吃青草和瓜皮,十分爱惜。可是这次为了教那头熊干活儿,只好拿山羊开刀了。他把山羊牵到打铁铺子拴好,然后开始拉风箱,边拉边对山羊说:"好好看着,就这么拉。"他重复做了一会儿示范动作,然后对它说,"好了,现在你来拉吧!"山羊呆呆地站在原地,一动也不动,铁匠假装生气的样子,拿起一根木棍朝山羊打去,一边打一边呵斥道:"还不快拉！还不快拉！"山羊可怜地咩咩叫着,躲着木棍。铁匠显得越发生气,扔下木棍,把山羊按倒在地,操起一把快刀把它的脑袋砍了下来,然后怒气冲冲地对站在一旁的熊说:"看见没有,你要是也像这头山羊一样不听话,跟我闹别扭,我就用这把快刀把你的脑袋也砍下来!"说完他又开始拉风箱,给熊做示范动作。

那头熊原来对铁匠的示范一直视若无睹,对他的话也一直当作耳边风,这回一下子变得乖巧起来,两眼一眨不眨地盯着铁匠的示范动作。过了一会儿,铁匠觉得熊应该学会了,就把它牵到风箱前,把风箱的拉杆交给它,命令道:"好了,现在你来拉吧!"

熊非常顺从和熟练地拉起了风箱。它力气大,干活儿也认真,可以顶两个学徒用,帮了铁匠很大的忙。这样,铁匠干活儿就轻松多了。

会走路的南瓜

从前有一个老奶奶,她有三个女儿都出嫁了,剩下她一个人孤孤单单地过日子。

一天,老奶奶在家觉得非常寂寞,很想念自己的女儿。她想:"自从闺女们一个一个出嫁以后,家里越来越冷清了。对了,我干吗不去看看小闺女,在她那儿住上几天呢?"

小女儿的家就在城外的一个山坡上,路程不算远。老奶奶这个念头一动,在家就坐不住了,马上拄着拐杖动身了。

出了城门,没走多远,一头大灰狼突然跳了出来,拦住她的去路。老奶奶吓了一跳,只好壮着胆子对它说道:"你好!"

大灰狼说:"喂,老太婆,你去哪儿?"

"我去我闺女家,吃点油拌饭,吃点烤肉串,还有烧鸡和炖肉汤,吃得我老太太白又胖!"

"得了,你用不着费神吃那么多了,我正饿得慌,现在就要一口把你吞下去。"

"哎呀,我这么个皮包骨头的老太太,你吃下去也吃不饱,不如让我到我闺女那儿住几天,在那儿吃好睡好,养得白白胖胖的再让你吃,那才好吃呢!"

"这倒是个好主意,那就让你去吃几天吧!不过你可得记着:我就在这儿等着你,你可别想跑。"

"放心吧,我很快就会回来。"

老奶奶说完又拄着拐杖上路了。走着走着,一头大花豹又突然跳了出来,拦住她的去路,说道:"老太婆,你去哪儿?"

"我去我闺女家,吃点油拌饭,吃点烤肉串,还有烧鸡和炖肉汤,吃得我老太太白又胖!"

"嘿,你用不着费神吃那么多了,我肚子正饿得慌,现在就要一口把你吞下去。"

"哎呀,我这么个皮包骨头的老太太,你吃下去也吃不饱,不如让我到我闺女那儿住上几天,在那儿吃好睡好,养得白白胖胖的再让你吃,那才好吃呢!"

"这个主意不错,那我就先忍一忍,等你回来了再吃你。"

"你不用等太久,我很快就会回来。"

老奶奶说完又拄着拐杖上路了。眼看就快到女儿家了,一只大狮子突然跳出来,拦住了她的去路。老奶奶吓得一屁股坐在地上,可还是壮起胆子站起来说道:"你好!"

狮子说:"老太婆,你去哪儿?"

"我去我闺女家,吃点油拌饭,吃点烤肉串,还有烧鸡和炖肉汤,吃得我老太太白又胖!"

"哈,你不用费神吃那么多了,我正饿得肚子咕咕叫,我得把你吃了填填肚子。"

"哎呀,狮子大王,牛和驴那么肥的大腿都填不饱你的肚子,何况我这么个皮包骨头的老太太!不如让我到我闺女家住上几天,在那儿吃好睡好,养得白白胖胖的再让你吃,那才好吃呢!"

"嗯,说得有道理,那就让你去吧,不过可别耽误太久。"

"放心吧,不会让你等太久的。"

老奶奶说完又上路了,走呀走,终于走到了小女儿的家里。女儿和女婿见到她都很高兴,做了很多好饭菜来招待她,晚上又给她铺了个暖融融的被窝,让她睡得舒舒服服。

老奶奶在女儿家里快快活活住了三天。第四天,她想回家了,就对女儿说:"到菜园里给我摘一个最大的南瓜来。"女儿给她抱来了一个特别大的南瓜。

老奶奶说:"在南瓜顶上挖个洞,做个盖子,再把里头的瓜子都掏掉。"

女儿问道:"为什么要这么做?"

老奶奶把来时路上的经历告诉她,然后说:"一会儿我躲在南瓜里面,你把瓜搬到门外,推一把,让南瓜滚起来。"

女儿按照她的吩咐,把南瓜掏干净,老奶奶钻进南瓜里,女儿盖上盖子,把南瓜搬到门外一推,南瓜便顺着山坡往下滚。

南瓜滚呀滚,一直滚到狮子跟前。

狮子说:"会走路的大南瓜,有没有看见一个老大妈?"

南瓜说:"没看见,没看见,对真主起誓我没看见,对硬邦邦的石头起誓我没看见,对圆嘟嘟的核桃起誓我没看见!推我一把,推我一把,让我过去,让我回家!"

狮子不耐烦地说:"走吧走吧!"顺手一推,让南瓜走了。

南瓜滚呀滚,一直滚到花豹跟前。

花豹说:"会走路的大南瓜,有没有看见一个老大妈?"

南瓜说:"没看见,没看见,对真主起誓我没看见,对硬邦邦的石头起誓我没看见,对圆嘟嘟的核桃起誓我没看见!推我一把,推我一把,让我过去,让我回家!"

花豹说:"走吧走吧!"顺手一推,让它走了。

南瓜滚呀滚,一直滚到灰狼跟前。

灰狼说:"会走路的大南瓜,有没有看见一个老大妈?"

南瓜说:"没看见,没看见,对真主起誓我没看见,对硬邦邦的石头起誓我没看见,对圆嘟嘟的核桃起誓我没看见!推我一把,推我一把,让我过去,让我回家!"

狡猾的灰狼听出了老奶奶的声音,说道:"好啊,你想糊弄我?你不就是那个答应让我吃掉的老太婆吗?你以为你躲在南瓜里头就能溜掉?"说完,它抱住南瓜使劲啃起来,把它啃出一个洞,然后

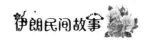

把头伸进去想咬老奶奶,老奶奶急忙推开南瓜的盖子,从另一头钻了出来。大灰狼的头卡在南瓜洞口上,进退不得,老奶奶就赶紧跑呀跑,跑进了城里,把大灰狼甩掉了。

豌豆娃的故事

有一对贫穷而善良的夫妻,丈夫是个木匠,每天在店铺里干活儿,妻子在家操持家务。每到吃饭的时候,妻子就做好饭给丈夫送到店铺里去。有一天,妻子一边做着饭一边想:"我们要有个孩子就好了,孩子可以帮忙做点事,还可以给我们一些安慰和希望。"这时,一颗豌豆从饭锅里蹦了出来,变成一个男孩的模样,对她说:"你把我当作自己的孩子好了,有什么吩咐,尽管对我说。"妻子看见他,欢天喜地地说道:"豌豆娃,那你快把这碗饭给你爹送去,他见到你一定很高兴。"

豌豆娃捧着碗来到店铺。木匠问他:"小不点儿,你是谁?"豌豆娃说:"我是你的孩儿。"木匠笑道:"好儿子应该做父亲的好帮手,分担父亲的责任和烦恼。你若是我的好孩子,就要替我去讨回一个公道。"

豌豆娃说:"请父亲说得明白一点儿。"

木匠说:"国王的税务官多收了我们家半文钱,你能去都城面见国王,讨回这半文钱吗?"

豌豆娃说:"我这就去。"说完他就上路了。

傍晚时分,豌豆娃来到一个小村庄,有个村妇正在洗衣服。豌豆娃对她说:"我的衣服沾满了灰尘和汗水,你能不能帮忙洗一下?"村妇答道:"我的肥皂快用完了,洗自己的衣服都不够,还能帮你洗吗?"

豌豆娃听了很生气,把头伸进水池,一口气把池里的水都吸进了肚子里,然后接着赶路。

晚上,他遇见了一只狼,狼想要与他一路同行,说:"说不定路上会碰到什么事情,我可以帮你的忙。"豌豆娃说:"好吧!"

他们一起走啊走,豌豆娃走起路来像风一样快,狼怎么追也追不上,筋疲力尽地对豌豆娃说:"我走不动了。"豌豆娃说:"你把牙齿拔了,钻到我肚子里来,我带着你走。"狼照着他的话把牙拔了,钻进了豌豆娃的肚子。

第二天早上,他们又遇到了一只豹子,豹子也要求和他们一起走,走了一段路,豹子也跟不上了,也像狼一样拔掉牙钻进了豌豆娃的肚子里。

豌豆娃到了都城,直奔王宫去见国王。国王见他个子那么小,一副顽皮的样子,见了国王也不懂得叩头行礼,而且只为半文钱就跑来申诉,觉得非常恼怒,下令把豌豆娃扔到一群斗鸡前,让斗鸡把他的眼睛啄瞎,以示惩罚。斗鸡刚要来啄豌豆娃,豌豆娃打了一个喷嚏，狼就从他的鼻子里跳了出来，一眨眼工夫把斗鸡全都吃掉了。国王又下令把豌豆娃扔给猎狗，豌豆娃打了个哈欠，豹子从他的嘴里跳了出来，把猎狗给吃掉了。国王又下令点燃一堆干柴，把豌豆娃扔进火堆里。豌豆娃一鼓腮帮子，肚子里的水全都喷了出来，把火浇灭了。

国王见自己制伏不了豌豆娃，只好叫人带他去国库，想让他拿上半文钱把他打发走。豌豆娃进了国库，抓起几大把珠宝吞进肚子里，然后拿起半文钱去向国王告别。

豌豆娃回到家里，对母亲说："把我挂在您的纺车上，用纺锤轻轻敲打我的后背。"母亲照他的话做了，她每敲一下，豌豆娃嘴里就吐出一颗珠宝，直到他把肚子里的珠宝都吐了出来。

贫穷的木匠夫妇有了这些珠宝，开始过上了富足幸福的生活。

哈莱·苏斯珂

从前有一只小蟑螂,名叫哈莱·苏斯珂,她只有爹爹一个亲人。

一天,爹爹对哈莱·苏斯珂说:"女儿呀,我老了,养活不了你了,你要早做打算,为自己的将来着想,不能指靠爹了。"

哈莱·苏斯珂说:"我能做什么呢?"

爹爹说:"找一个可以托付终身的好丈夫吧,这样爹就不用为你操心了。"

哈莱·苏斯珂说:"是呀,我再不嫁出去,就成爹爹的心病啦!"

她走到镜子前,认真梳妆打扮起来:扑香粉,抹胭脂,描眉毛,唇边画上颗美人痣,双手染上红指甲花。然后,她穿上洋葱皮做的连衣裙,大蒜皮做的白头巾,茄子皮做的黑斗篷,沙枣皮做的红鞋子。身着盛装的哈莱·苏斯珂漂亮得像个新娘子。

哈莱·苏斯珂告别爹爹出门了。她经过一间杂货店,店老板对她说:"你好,哈莱·苏斯珂!披斗篷的小妹妹,穿红鞋的小妹妹,你打扮得这么漂亮去见谁呀?"

哈莱·苏斯珂说:"我呀,我要去找个好丈夫,恩恩爱爱一辈子不受苦。"

店老板说:"你就嫁给我好啦!"

哈莱·苏斯珂说:"我要是嫁给你的话,万一以后我俩吵了架,你会拿什么东西将我打?"

店老板顺手拿起柜台上的秤砣说:"我就拿这秤砣将你打。"

哈莱·苏斯珂说:"哎呀,那我不能嫁给你,要是嫁给了你,一准会被你打死!"

哈莱·苏斯珂离开杂货店继续朝前走。走呀走呀,来到了一家肉店门口。肉店老板对她说:"你好,哈莱·苏斯珂!披斗篷的小妹妹,穿红鞋的小妹妹,你打扮得这么漂亮去见谁?"

哈莱·苏斯珂说:"我呀,我要去找个好丈夫,恩恩爱爱一辈子不受苦。"

肉店老板说:"你就嫁给我好啦!"

哈莱·苏斯珂说:"我要是嫁给你的话,万一我们以后吵了架,你会拿什么东西将我打?"

肉店老板说:"就用这把卖肉的大刀将你打。"

哈莱·苏斯珂说:"哎呀,那我不能嫁给你!我要是嫁给你,一准会被你打死!"

她又走呀走呀,来到了一家粮店门口。粮店老板对她说:"你好,哈莱·苏斯珂! 披斗篷的小妹妹,穿红鞋的小妹妹,你穿得这么漂亮去见谁呀?"

哈莱·苏斯珂说:"我呀,我要去找个好丈夫,恩恩爱爱一辈子不受苦!"

粮店老板说:"你就嫁给我好啦!"

哈莱·苏斯珂说:"我若是嫁给你,以后我们万一吵了架,你会拿什么东西将我打?"

粮店老板说:"就用我手里的秤杆将你打。"

哈莱·苏斯珂说:"哎呀,那我不能嫁给你! 我若是嫁给了你,一准会被你打死!"

她又走呀走呀,来到了一个土堆旁,那里蹲着一只老鼠,它身穿印花短褂儿和麻布裤子,头上戴一顶小圆帽,看起来真是精神。老鼠看见哈莱·苏斯珂,急忙跑过来说:"你好,小妹妹,披斗篷的小妹妹,穿红鞋的小妹妹,你穿得这么漂亮去见谁呀?"

哈莱·苏斯珂说:"你好,老鼠大哥,我要去找个好丈夫,跟他恩恩爱爱一辈子不受苦!"

鼠大哥说:"可爱的哈莱·苏斯珂,你可愿意嫁给我?"

哈莱·苏斯珂说:"我若是嫁给你的话,以后我们万一吵了架,你会用什么将我打?"

鼠大哥说:"用我这又细又软的长尾巴。"

哈莱·苏斯珂说:"你会真的使劲打我吗?"

鼠大哥说:"我会翘起我的长尾巴,轻轻地在你那黛眉上画一下。"

哈莱·苏斯珂说:"你会让我在哪儿睡觉?"

鼠大哥说:"我会让你在油囊上睡觉。"

哈莱·苏斯珂说:"你拿什么给我当枕头?"

鼠大哥说:"我用我的胳膊给你当枕头。"

哈莱·苏斯珂说:"好啊,那我答应嫁给你,给你当个好妻子。"

于是鼠大哥和哈莱·苏斯珂举办了一个隆重的婚礼,全城所有的小动物们都来参加,它们唱歌跳舞,整整庆祝了一个晚上。

鼠大哥和哈莱·苏斯珂开始了幸福的生活。鼠大哥每天出门寻找食物,哈莱·苏斯珂就在家操持家务,小两口相亲相爱,小日子过得很甜蜜。

一天,哈莱·苏斯珂正在家门前的池塘边洗衣服,一不小心掉到了水里,她拼命挣扎着爬上了一片浮在水面的树叶,却回不了岸边。她急得团团转,不知怎么办才好。突然,她看见两个宫廷侍卫骑着马从池边经过,她喜出望外地大声喊道:"喂,骑马的勇士请听我说,快去御膳房找我的鼠大哥,告诉他哈莱·苏斯珂掉进水里啦,快搬个金色的梯子来救她,来晚了就见不到他的小妹妹,如花似玉的好妹妹了!"两个侍卫看见了水里的哈莱·苏斯珂,也听见

了她的话,他们觉得很可笑,回到王宫后就把这件事当成笑话讲给别人听,逗得大家都哈哈大笑。正巧鼠大哥这时候从王宫的厨房里出来,听见了侍卫们的话,急得一溜烟跑到池塘边,放眼一看,哈莱·苏斯珂正浑身湿漉漉地趴在一片树叶上呢!他对她喊道:"哎呀,我的哈莱·苏斯珂,你怎么掉进水里了? 快把你的小手伸过来,让我把你拉到岸上来!"

哈莱·苏斯珂说:"我的胳膊太细了,被你一拉就会拉断的。"

鼠大哥说:"那就伸出你的小脚丫。"

哈莱·苏斯珂说:"我的脚也像胳膊一样不经拉。"

鼠大哥说:"那就甩过来你的长发辫。"

哈莱·苏斯珂说:"辫子弄乱了多难看。"

鼠大哥说:"哎呀,我的小宝贝,现在最要紧的是把你救上来。"

哈莱·苏斯珂说:"我说过要你搬一架金梯子来。"

鼠大哥说:"哦,我明白了。"

他转身跑到蔬菜店里偷了一根胡萝卜,用牙齿啃出一道道牙印子,这样一来,胡萝卜就变成了一架金黄色的梯子。他把梯子背到池边,推进水里,梯子就变成了一座浮桥。哈莱·苏斯珂这才不慌不忙地轻移莲步,顺着胡萝卜爬到岸上。鼠大哥背起她回到家,把她放在床上,盖好被子,让她好好睡一觉。

第二天早上,哈莱·苏斯珂醒来后觉得浑身酸痛,鼠大哥请来大夫给她看病,大夫说她是着凉感冒了,应该喝萝卜汤。鼠大哥就去找来萝卜,切碎了和豆子一起扔进锅里熬汤。谁想到,它在拿着大勺子搅拌汤锅的时候,脚底一滑,一头栽进汤锅里,再也起不来了。

哈莱·苏斯珂躺在床上,半天不见鼠大哥过来,她喊了它几声,也没有听见回答,她心里就七上八下起来,挣扎着下了床,爬到厨房里,不见鼠大哥的影子,再爬上灶台一看,呀,鼠大哥早已经被烫死了!

哈莱·苏斯珂悲恸欲绝,不停地叫着鼠大哥,哭得昏了过去。邻居们闻声赶来,把她救醒,她说:"鼠大哥死了,把我的快乐和幸福也带走了!"从此以后,她一直穿着黑袍给鼠大哥戴孝,也一直没有再嫁。听说,直到现在她也没有脱下黑袍呢!

戴铃铛的山羊

从前有一只母山羊，它的脚腕子上戴着一个铃铛，人们都管它叫戴铃铛的山羊。它有三个孩子，名字叫作山咕儿、曼咕儿和哈贝安咕儿，它们和妈妈一起住在一个牧场上。

一天，戴铃铛的山羊听说牧场附近来了一头凶猛的狼，觉得非常担心，它对小山羊们说："孩子们哪，你们千万要小心！妈妈不在家的时候，你们要把房门闩上，如果有人来敲门，你们要从门缝里先看看是谁，如果是狼的话，千万别开门！"小山羊们说："好的！"

戴铃铛的山羊出门吃草去了。

不久，狼果然来敲门了。小山羊们问道："谁呀？"

狼说："是我，你们的妈妈。"

三个小山羊说："不对，妈妈的声音细细的，很好听，你的声音那么粗，真难听！你不是我们的妈妈。"

狼听了就走了。过了一会儿，它又回来了，又开始敲门。三个小山羊问道："谁呀？"

狼尖着嗓子答道:"是我,你们的妈妈。妈妈给你们带青草回来了。"

三个小山羊把眼睛贴在门缝上看了看,看见了狼的手,说道:"你骗人,你不是妈妈。妈妈的手白白的,你的手却是黑黑的。"

狼听了又走了。它跑到磨坊里,找到一袋面粉,把手伸进去沾满面粉,又跑回山羊的家门口来敲门。三个小山羊问道:"谁呀?"

狼尖着嗓子说:"我是你们的妈妈。"

小山羊们又从门缝里看了看,这回看见了狼的脚,说道:"你不是我们的妈妈。妈妈的脚是红色的,你的脚不是红色的。"

狼只好又离开了。它去找了一些指甲花,把脚染成了红色,然后又跑回来敲门。三个小山羊问:"谁呀?"

狼尖着嗓子说:"我是你们的妈妈呀,妈妈带了青草回来给你们吃。"

三个小山羊又从门缝里看了看,看见了白白的手和红红的脚,就把门打开了。狼一下子扑了进来,一口吞下了山咕儿,又一口吞下了曼咕儿,哈贝安咕儿趁此机会钻进水沟里藏了起来。

太阳快下山了,戴铃铛的山羊从牧场回家了。它老远就看见家门大开着,跑进家门一看,孩子们都不见了! 它急忙喊道:"山咕儿! 曼咕儿! 哈贝安咕儿! 你们在哪儿?"

哈贝安咕儿听见了妈妈的声音,从水沟里爬出来,把事情的经过告诉了妈妈。

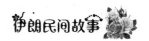

戴铃铛的山羊马上就去找狼。找到了狼的家以后,它一跳跳上了屋顶,在屋顶上又蹦又跳。狼从屋里伸出头来问道:

"是谁在我的屋顶上跳舞?"

山羊在屋顶上大声答道:

"是我,我是戴铃铛的山羊,

我有两只弯角尖又长,

我有四个蹄子硬邦邦。

是谁吃了我的山咕儿和曼咕儿,

我定要以牙还牙叫它把命偿!"

狼听了以后神气地说:

"我是尖牙利齿的大灰狼,

我的名字响当当,

是我吃了你的山咕儿,

是我吃了你的曼咕儿,

看你能把我怎么样?"

戴铃铛的山羊说:"好,明天这个时候我来找你决斗,咱们拼个你死我活。"

狼说:"决斗就决斗,难道我还怕你不成?"

山羊回到家休息了一夜。第二天一早,它先去牧场吃草,吃饱后到挤奶师傅那里,请他为自己挤奶,再用挤出来的奶炼取了一勺黄油和一碗奶皮,它拿着奶皮和黄油去找制锉刀的师傅说:"请你给我做一对钢角，大小要正好能套在我的角上。这黄油和奶皮是给你的报酬。"制锉刀的师傅按照它的要求做了一对钢角，套在它的角上正好不大也不小。

再说那头狼也去找了一个剃头师傅帮它把牙磨一磨。剃头师傅说："你给我多少酬劳？"狼说："帮这点儿忙也要酬劳？"剃头师傅说："当然啦，不给酬劳谁替你干活？"狼说："那好，我回家去拿。"它回到家找出一个皮袋子，往皮袋里吹满了气，用绳子系住，就拿去交给了剃头师傅。剃头师傅接过去一看，里边全是气，什么也没有。他忍住气没说话，心想："你要这种花招来糊弄我，看我怎么收拾你！"他拿起钳子把狼的几颗大尖牙都拔了下来，然后用棉花堵上。狼一点儿也没发觉有什么不对劲儿。

约定决斗的时间到了。戴铃铛的山羊和狼选好了场地，狼说："我渴了，我先去喝点儿水再来和你决斗。"它跑到小河边喝了一肚子的水，这才回到场地上。戴铃铛的山羊戴着钢角，仰起头来准备进攻，狼说："在我面前你还敢神气？让我好好教训你！"它猛地向前一扑，张嘴来咬山羊的喉咙，不料根本没咬住，却有几团棉花从它嘴里掉了出来。戴铃铛的山羊看准时机，立刻把钢角对准狼的肚子猛扎进去，狼肚子被扎了两个大窟窿，倒在地上死了，山咕儿和曼咕儿从狼肚子里钻了出来。戴铃铛的山羊领着它俩，高高兴兴地回家和哈贝安咕儿团聚了。

信 徒 与 狼

从前,有一个虔诚的信徒,他的闲暇时间全用来宣讲教义和劝人行善。

有一天,他从荒野走过,一只饿狼正飞快地跑来。信徒从它凶狠的眼光里,察觉到它要去残害一个无辜的生命。于是出于善良的本性,信徒把狼叫住,对它说道:"喂,狼啊,我想提醒你,真主总是在看着我们做每一件事情。你要注意自己的行为,千万不要欺负弱者,不要去追杀弱小无罪的羊。要知道,恃强凌弱是没有好下场的。善有善报,恶有恶报,这句话不是我的发明,而是人们的经验之谈。如果你在此之前对谁做了坏事的话,我希望你从此忏悔,以后再也不去欺负别人……"

狼打断信徒的话说:"尊敬的先生,请您把您的吩咐说得简短一点儿,我现在急着要去办一件非常重要的事情,我不能耽误太久,老是在这儿听您的一大堆劝告。"

信徒说:"我的话还没说完呢! 你有什么事这么着急呀?"

狼说:"这附近有一群羊在吃草,我怕去晚了它们会走掉,会失去一次抓羊的机会。至于在这儿听你的忠告,我相信以后会有时间的。"狼说完跑走了。

虔诚的信徒站在那儿,自言自语道:"你瞧,我想劝告这个心地不纯的家伙悔过自新,别再去伤害别人,可我忘了,只有用木棍去打它,或者用刀去杀它,它才可能会变得老实一点儿。"

熊 的 友 谊

很久以前,有一个老农民,他给人种了一辈子地,渐渐攒了些钱,在城郊买了一个大果园。果园里有各种各样的果树,每年都能收获大量汁多肉甜的水果,像石榴、葡萄、香梨、西瓜、苹果、桃子、柑橘等等。人们都羡慕他有这么一个丰产的果园。

可是,老农民并不怎么高兴。他一个人住在大果园里,没有亲人和朋友,常常觉得孤独寂寞。

有一天,他感到非常烦躁,自言自语道:"我出去走走,或许能找到一个跟我同样心情的人聊一聊,散散心。"

他从果园出来,朝附近的山上走去。在那座山上住着一头老熊,它也因为没有伙伴而感到孤独烦闷,正朝山下走来,希望能找到一个可以谈心的朋友。就这样,老农民和老熊在路上相遇了。

老农民看到老熊无精打采的样子,问道:"沉默无言的动物,你为什么独自一人散步?"

熊说:"我正因为孤独而痛苦。孩子们长大了,自己谋生去了,我也老了,没有谁能陪我说说话,我想,在田野上溜达一下也许心情会好一点儿。

老农民说:"啊,我很理解你的心情,我在果园里也是因为孤独而烦闷。尽管如今生活好了,事事不用求人,但一人独处仍不开心。每个人都需要有知心的朋友。"

熊听了高兴起来,说道:"这么说咱们是同病相怜啊!咱们都老了,也都是孤身一人,心情又都很烦躁,咱们交个朋友吧,互相串串门儿,一块儿聊聊天。"

老农民说:"我接受你的友谊。我有一个大果园,里面青枝绿叶,果实累累,你可以跟我住在果园里。"

他们说好后就一起来到果园。老熊因为找到了有吃有住的好地方,又有了好朋友,心里感到非常高兴。它牢记老农民的好意,真诚地希望为他献出自己的一切。

熊在果园里尽其所能帮助老农民。空闲的时候,他们就一起回忆过去,赞美彼此的交往和友谊。每当午后,老农民在果树下小憩,熊就守在他身旁,拿手帕不断扇着,轰走落在他脸上的苍蝇。

有一天,老农民正在睡觉,忠实的熊照旧给他轰苍蝇。苍蝇很多,轰走了又来,死乞白赖地不愿意离开老农民的嘴边,好几次都把农民搅醒了。老农民晃着头赶着苍蝇,可苍蝇还是不走。

熊越来越生气。不论它怎么使劲用手帕轰,苍蝇硬是不怕。

熊终于想出了一个办法。它自言自语道:"这苍蝇脸皮真厚!

我要让你们遭殃，看你们再敢来折磨我的朋友。"它从果园边上搬来一块一百多公斤重的大石头，高高举起来，瞄准落在老农民脸上的苍蝇，使劲儿抛去。

苍蝇飞走了，老农民的脑袋却被砸得粉碎。熊本来想为老农民做好事的，但是由于愚昧，反而把自己的朋友害死了。